尘埃博物馆

北京上河行思文化传播有限公司　出品

尘埃博物馆

刘立杆 著

北京联合出版公司

图书在版编目（CIP）数据

尘埃博物馆 / 刘立杆著. —北京：北京联合出版公司，2022.8
ISBN 978-7-5596-6242-2

Ⅰ. ①尘… Ⅱ. ①刘… Ⅲ. ①诗集-中国-当代 Ⅳ. ①I227

中国版本图书馆 CIP 数据核字（2022）第 109955 号

尘埃博物馆

著　　者：刘立杆
出 品 人：赵红仕
策 划 人：杨全强
责任编辑：刘　恒
特约编辑：金子淇
封面设计：少　少

北京联合出版公司出版
(北京市西城区德外大街 83 号楼 9 层　100088)
北京联合天畅文化传播公司发行
北京启航东方印刷有限公司印刷　新华书店经销
字数 267 千字　850 毫米×1168 毫米　1/32　6 印张
2022 年 8 月第 1 版　2022 年 8 月第 1 次印刷
ISBN 978-7-5596-6242-2
定价：52.00 元

版权所有，侵权必究
未经许可，不得以任何方式复制或抄袭本书部分或全部内容
本书若有质量问题，请与本公司图书销售中心联系调换。
电话：010-65868687　010-64258472-800

一架准备迫降的飞机

盘旋着,盘旋着

在着陆前它需要耗尽仅剩的燃油。

目录

第一辑 幽灵照相簿

去老城 3

微笑与堕落 6

在乡村采石场 9

弄堂里 12

尘埃博物馆 18

外祖母的房子 22

白色灯塔 24

烟 31

梦的解析 34

烟杂店的成人礼 39

黑色的锚 42

冷淡 45

观看一部纪录片 46

南行记 50

卵石路(组诗) 60

    喷气机之夏 60

练习曲 ……… *62*

　　普通邮包 ……… *66*

走马灯上的新年 ……… *69*

棉纱手套 ……… *76*

幽灵照相簿 ……… *86*

第二辑　夜车

顺道拜访 ……… *95*

夜车 ……… *97*

Coffee Break ……… *100*

幕间剧 ……… *104*

常德路上 ……… *108*

忧郁的热带 ……… *111*

一寸免冠照 ……… *114*

半完成的裸女 ……… *116*

谈论死亡 ……… *120*

亲爱的桑丘 ……… *122*

漫长的写作 ……… *125*

夜奔 ……… *129*

留言墙 ……… *131*

苦役 ……… *133*

呕吐袋之歌 ……… *136*

街心公园 ……… *139*

一排浪 ……… *141*

被遗弃的大厅 ……… *143*

黑水河 ……… *148*

胖灵魂 ……… *151*

永恒的街角 ……… *153*

太平山上 ……… *155*

郊外 ……… *158*

珊瑚 ……… *160*

女同学 ……… *161*

野猫 ……… *163*

启示 ……… *169*

一分钟沉思 ……… *171*

伤心曲 ……… *173*

快餐店的静物画 ……… *174*

刺猬 ……… *176*

雪的叙事曲 ……… *179*

第一辑 幽灵照相簿

去老城

公共汽车在蛇蜕似的
窄街里缓行,刷了石灰水的椿树
以及"故乡"这个词的
乏味折磨。冬天灰白的光
落在塑料座椅上
仿佛文徵明画中擦皴的山石。
我看见一个小女孩站在衣橱前
端起青杏似的胸脯
而落灰的穿衣镜在擦拭中不断膨胀。
随后,祖父丢开生锈的洒水壶
大喊着什么。什么呢?
碗橱残留着明矾
和煤油的气味,他俭省的一生
都在诅咒长江边那一小块充公了的
湿冷的土地。
六月,绣球花怒放。
静穆的礼堂。午夜时分
一艘蒸汽船忧郁又延迟的汽笛声。

一个傻头傻脑的寄宿生

迎面走来，腋下

夹着托马斯·曼的《魔山》

冷咖啡的残渣和一座体育场的欢呼

在胃里反复搅拌着。人群涌来

在售卖香烟、硬糖

和碎花布的杂货店外排起长队。

我们的疯邻居，镶金牙的

嘉良伯伯一路跑来

朝少女们的短裙吐唾沫。

黄天源门口，浑身淤青的外公

松开腰间捆绑的条石

打算和往常一样叫碗头汤面

再去澡堂泡上半天。

而姑父心不在焉地套上翻毛皮靴

叼着烟，蘸肥皂水刮胡子。

我喜欢他的所有举止

粗犷，沉稳又有一点儿狡黠。

但乌鸦在乱飞

大运河在推土机和废墟间

懒惰地流淌，不留下任何倒影。

没有谁可以阻止告密者

或让他们远离朽烂的楼梯

这些我爱的，必死的人。

空荡荡的车厢里

一架收音机嘶嘶啦啦

唱着"何妨一起付汪洋"①……

太寂寞了,我想起

你的叹息,雨中泅开的睫毛膏

你最后的遗言——"快点,快点!"

但我只是一个成天在街上

闲逛的男孩,为蛀牙

或撒谎而苦恼,不会想到

有一天生命会快过飞掠的站牌。

公共汽车突然拐弯

穿过两排光秃秃的行道树。

我看见他们拎着饭盒

站在原地,沉默地看向后方

假装还有一趟车驶来。

太阳升起来,照着脚下

不断消失又延伸的沥青路。

每个人的脸都因为死亡闪闪发亮。

---

① 引自苏州评弹《杜十娘怒沉百宝箱》。

微笑与堕落

女人们躲在厨房窃窃私语
说新搬来的女邻居虚荣又轻浮。
她的半身像挂在街角照相馆的橱窗
在1973或1974年,托着腮
嘴角微微弯翘,似乎在炫耀新烫的卷发
或衣领上一道冒犯的钩织花边。
她着了色的脸颊
绯红如旧上海的旗袍女郎——
我在老祖母生锈的粉盒上见过她们
里面搁着缝纫用的软尺和粉块。
放学经过时,我会不自觉
放慢脚步,感到一丝模糊的兴奋
像瞥见人们说的下流场面。
渐浓的暮霭里,她目不斜视
走过照相馆前的人行道。
薄纱巾遮脸,露膝的短裙轻摆
如同一架手风琴在胯上
缓慢拉开又合拢。那是夏天

1976年,她的脚趾在凉鞋里旋转
碾过一条街的敌意。
当女孩们偷偷用火钳在辫梢
缠出焦煳的小卷
她跳上一个有妇之夫的自行车后座
——被跟踪,在僻静的公园。
我想象她痉挛的双眼突然睁圆
衬裙在腰间皱得像狂风刮过的池塘。
惊惶中,她细长的脖颈弯垂下来
被一颗蓄谋的铅弹射穿。
一个星期三下午,我去那里游荡。
晒得黝黑的半大孩子们从木排
跳入河中,几个待业青年
在尿骚味的防空洞里寻觅避孕套。
我躺在岸边,看云在天上不停变幻。
第一次我感到模糊的痛苦
仿佛被遗弃,仿佛
她堕落的样貌是一份判决
封存在素白的相框里
那座小小的祭台。街坊的指戳下
她唇角微妙的弧线变成了
结核病人不正常的红晕。
她很快嫁给了某人,很快离了婚。
神情冷淡又平静,弯腰抱起堆成山的

洗衣盆,或在灶屋间杀鸡。
她蓬乱的短发竖起
如一簇不驯从的火焰。
托着肘,站在窗框里抽烟
凝滞的眼神似乎
透过照片,让人无法正视。
那是1978年,邓丽君清澈的嗓音
尖锥般,穿越城墙根下的平房
却无法凿开她脸上的坚冰。
我看见她目不斜视
再次走过照相馆前的人行道。
而橱窗已经换上了新的
更年轻的。别人的。除了在照片上
我不记得她有过笑容——
就连那张照片如今也变得单调
俗气,绯红的嘴唇仿佛被血浸染过
却不是她,当她沉默着
始终在窗前,为无用的美偿付了半生。

在乡村采石场
——纪念舅舅王益荣

黧黑,干瘦,他的老
是一条等着运石子的水泥船。
他已经被砸碎。
蹲在椅子上,慢腾腾地舔了舔
供销社零沽的黄酒。
和往常一样邻居的狗奔来
在桌腿蹭痒,等着吃他扔出的骨头。

门外,今年的雪
在湖上闪烁,犹如去年的柳絮。
我看见一个半大孩子沿着高高的河堤
朝太湖跑去,斜挎着草帽
灵活的赤脚搅起尘埃。
远处,一串细碎的光斑跳荡着。
他丢下钓竿,分开光滑如丝的水面。

"那时",他的瞳仁

亮了一下,张着满是烂牙的嘴。
随即,一阵急促的咳嗽
颧骨漾起胭脂红,仿佛整个夏天
凝滞的晚霞。而我垂着头
似乎回到村前那条晒得发烫的泥路。
那里,一个硅肺病人
提着柳条帽,炫耀似的亮出
一张胸透片——"喏,这里,还有这里。"

是的,我看见了,那时——
所有的事情都回来了。
当我把换洗衣物和暑假作业
塞进书包,不情愿地爬上硌人的
自行车后座从城里下来
如同一张来自生育世界的贺卡
而他用清澈的河湾
贿赂我,用灿若白银的夜晚。

他不再说话;耷着眼皮
陷入酒后漫长的昏倦。
四十年,默默活在狭长的乡间
揪着胸,大口喘气
直到他的知识青年之歌
变成一架呼哧呼哧的破风箱

——被命运吹奏,而不是相反。

他送我去车站,佝着背
沿着高而陡峭的防护堤走得飞快
仿佛脚下积雪轻微的碎裂声
令人难堪。他突然
收住脚,看着远处废弃的采石场
一辆卸掉了拖斗的手扶拖拉机
停在山腹里。

不经意地,我的手碰到了他的
粗糙而硬,异样的新奇
如同再次被他从嘈杂的牲口棚拽走。
而那头分娩的母牛
半跪在干草里
艰难地嚼着什么——"别回头!
否则,你的心会变得跟女人一样软。"

弄堂里

1

天光微亮,她就出了门
磨得发亮的竹椅在胯上摇颤。
一辆无轨电车从街口开过。
没有人看她一眼。
如同天井里的旧柱础
她活在蛀蚀了的背景里。
架起腿,把斜叼的烟点燃。
弄堂对面,几只苍蝇
在小理发店橱窗里嗡嗡乱飞。
这里不是她的地盘。
从来不是。过去这时候
她本该支起肘,吩咐丫鬟
打开排窗,把洗脸水准备好。
一晚上一个客人足够了。

要是累得够呛,她就点上烟泡
来个回笼觉……哦,过去。
即使最落魄的时候
她也维持了必要的排场:
包月的黄包车,乾泰祥的伙计
还有采芝斋的茶食
松鹤楼精巧的点心。
她吹散烟圈,呼吸清冽的空气
只有舌尖舔过灰烬的味道
才明白香烟的美妙。
弄堂里开始了熟悉的喧闹
蓬头垢面的女人们拎着马桶
和煤炉,来街边洗濯生火。
她的思绪停在熄灭的
炉渣上,如同一把磨秃的铲子
在生活的废矿里,再没什么
值得探挖。早晨真闷。
她感到刚喝下的热粥在胃里
翻滚,带来些微的暖意。
秋天将逝,一切恍若年轻时
最无稽的梦。她这么坐着
不时吧嗒几下嘴
见惯了世面的眼里空无一物。

2

日头热辣辣的,悬着。
她感到暖和了些,解开盘纽
趿拉的鞋在脚尖上晃悠。
上午很快就过去了。
有个小男孩从对面走来
问她是不是叫赛金花。
真乖。他问的是隔壁住过的
那个……赛金花,这花名
多俗气!如果她不曾
松开裹脚,把那个涎水涟涟的
老东西拉上绣榻。而她
不过是嫁给了车夫的无名氏
押着箱奁,蹲坐在从良的
黄鱼车上。列宁装里
旗袍改做的抹胸紧得像箬头。
如同蹩脚的裱画匠修补
千疮百孔的山水
她把浆洗缝补的余生当成
悲惨命运的添头,低眉奉眼
走过爱嚼舌头的女人们。
天地是新的,日子还是旧的。

那些在她胸脯逡巡的
瞥视还跟从前一样,只是
更短促,像他们短促的戳刺。
惟独世道才是最难伺候的客人
而她熬过来了
像个真正的行家。当人们
朝她脸上啐唾沫,或是穿堂风
吹过瘪如口袋的乳房
她老早就知道那个等死的
诀窍:躺着,什么都不去想。
觑着眼,夹烟的手
如同一朵含苞的玉兰
在嘴边绽开。她看着那男孩
轻声回答:乖囝,我是。

3

薄暮从卵石路上升起
这回忆的湿柴。竹椅变得
凉咝咝的。她还想多待一会。
她喜欢街道热闹的
冷漠和每分钟变换的街景。
有些轻快的脚尖在旋舞
另一些则各怀心思

回家时变得滞重。她看着
路灯下嬉闹的顽童。在街上
总好过漏风的厢房
冷灶和剩饭,还有衣橱里
弥漫不散的酸味,像一股死气。
有时她怀疑枕芯里钻进了
一条蛇,等她睡着了
它就出来咬她的心。这就是
讨债鬼上门啦,她知道
这就是她这辈子造的孽了。
只可怜那死鬼丈夫
流着泪,拼命用脑袋捶床
因为她下贱的子宫除了杂草
什么都不能孕育。
理发店的三色柱缓缓转着
那比羞耻更可耻的空虚。
她的眼珠浑浊,死亡却更清晰。
她有一个立着墓碑的过去
上面鲜红的名字被反复涂黑。
还有一个不会来的未来
难以爱,难以死。
现在她扶着墙,蹒跚走着。
她要在澡盆里放一大锅热水
就让窗户开着,让月光

照进这副发臭的皮囊——
像人家偷倒在路上的药渣
被榨干,却还冒出活的热气。

尘埃博物馆

这些错金的宝塔
打伞的僧尼，嬉闹游春的
男女，仍在寻找复活的
魔法力量：这里只有过去
像做工精致的松糕
带着运河发了酵的甜酒味
即使满口烂牙也能随意品啜。
而它从参观者的惊叹里
搜集苦涩，用众多
挥毫的手，众多被錾子
或朱砂弄瞎的工匠
——他们曾在这里生活
受苦，用寂寞搭起
一座幻灭的蜃楼。它的历史
漫长如窄巷深处的回声
它的河流平静舒缓
却只能弄湿征服者的马蹄。
飘忽的辅音，繁缛的

旧风俗，形成一道松垮的
堤墙，又在激流中
不断崩塌。粗鄙就足以
羞辱它，像背街漫溢的污水
像棚户区疥癣般
传染的贫穷。癫狂就足以
毁灭它，用横飞的屎尿
呼喊和哭泣。至于为当地人
念兹在兹的享乐，充其量
只是明清绣像小说里
敷陈的市井画面
既无底气，也不合时宜。
尤其当少年们渴慕狂暴的血
这里只有黑色的雨
落在老城低矮的屋顶上
有时化为雾霭，有时变成
午夜黯淡的底片。
壮阔的自然和这里绝缘
除了阊闾没入深潭的陵寝
除了寺院，池塘
雕琢得过分的园林。
荒弃的石阶下埋着失意者的
怨恨，他们骑驴远行
想赢得整个世界，到头来

却把心输给了太湖石。
他们的后代精明,也更没种
脑袋缩进衣领,如同
闪躲半空里看不见的扑击。
时光缓慢吞咽石灰
上映没有间幕的默片。
当山顶踩着木屐的浣纱女
漫步,在月蚀之时
无声啜泣,并再次化为
一朵染血的乌云。她知道
自己会下地狱,因为
所有被美色撼动的黄昏
都难以救赎这座城市
锅垢似的黑夜。火车呼啸
碾过月台上灼人的夏天。
但没有人能测量黑暗的深度。
只有那些爱得疯癫的女人
会把生命劈成丝线
在光秃秃的枝桠间绣出
红色的小鸟,她们
发似火焰,目光如电
她们的翅膀潮汐般
用力拍击屋檐
直到指尖搓揉的灰烬里

露出虹彩般的舍利。
但很少有人会爱这样的女人
爱毁灭甚于爱一场细雨的
慰藉,在长叹里
在眼泪和随后到来的
遗忘中。尘埃滚动
蚕纸上半透明的卵转深。
那最初的、失落的爱
埋藏得最深
在焚毁的废墟下
叠摞起另一座不朽的城市
就像地宫里的七层珍珠宝幢
每一层都坚如蚌壳。
无人居住的宅邸里
有人正用细毫反复描摹
一艘轻悄的夜航船
缓慢,耐心,把落款
藏进衣褶般的波纹
如同凝望无处傍岸的永恒。

外祖母的房子

那个比她还老的保姆
去灶上沏茶。我们等她在厢房
摸索穿衣。母亲不停搏揉
僵硬的膝盖,抱怨落雪天的潮湿。
坡屋顶抻长的局促
渗水的山墙,和天窗微弱的
折光。这里的破败
有一种被麻醉的安宁:
碗橱半敞着,堆摞的杯盏
歪斜,几个生了锈的马口铁罐头。

假牙的银光一闪
她笑着,扶着墙蹒跚走来。
稀疏的白发在脑后挽了个髻。
我出神地看她落座时飞快一蹬脚
仿佛这个不易觉察的动作
有关仪式而非尊严。
现在,她的嗓音像湿答答的

海绵贴了过来。一些人名。
养老金。一些除了她
没人记得的琐事,饼干筒里
粘结的奶糖。"唉,真是的——"
微微摇着头,一声并不丧气的长叹。

暮色在小镇屋檐下浮动。
我朝厢房走去。熟悉的柱式床
一面磨花的梳妆镜。
枕边,忘关的袖珍收音机
嘶响着,像民间故事里的冤魂
摇荡在一支蜡烛的残焰里。
我像儿时那样躺下
又惊悚地坐起——正对床头
两个像框突兀地靠在一起:彩色的
是她,黑白的是外公。
从我出生那年起……一个寡妇!
这个词像把刀子,透过床板扎了过来。

白色灯塔

洒水车在树下慢慢开过，
像一只船，拖着扇形尾流，
漆黑的波浪涌向街道两边打烊的小商店。
通宵营业的面包房泅开一团光晕，
犹如孤寂的灯塔，矗立在十字路口。
几个年轻男女把车停在路边，
在门前台阶上轻声说笑，如同霍珀①画中的街景，
但没有他的阴悒色调——从车内飘出的
电台音乐，穿红衣的女孩
和染了金发的男孩们。耀眼的白光
透过落地窗，在人行道搭起一座浮动的岛屿。
我站在对面街角的信号灯下，
远远看着他们。当女孩捏着空纸杯，
起身推开玻璃门，她灵巧的脚尖
似乎消失在奔涌的柔光里。
一股强烈又沉静的香味，仿佛渗流的

---

① 爱德华·霍珀（Edward Hopper, 1882—1967），美国画家。

树胶，突然在空气中弥漫开来，
让人想要拥抱或啜吸什么。
这是我渴望又无法接触的轻盈的生命，
那灯光，无忧的轻笑，那平常快乐的深渊。

马路这边，只有医院生锈的栅栏，
半窒息的夹竹桃。病房楼前的立体车库
咣咣作响，像过海的渡轮
在升降机和防滑钢板上
结束每晚十点的探视。在我出生的这家医院，
母亲刚动完第三次手术。她在麻醉后醒来，
白发散乱如干萎的睡莲，
漂浮在凹陷的枕头上。现在她累了，
短暂睡去，整座大楼沉入比夜晚更深的黑暗。
只有楼道透出微弱的亮光，
像无人等候的电梯，悬停在半空中。
那两部旧电梯似乎汇集了
全城的悲伤，你能看见女人们
如何不出声地流泪，如何飞快地补妆。
生命短促，并无太多哭泣的余暇。
但没有一种笑容能驱散水磨石走廊尽头
弥漫的来苏水气味。
还有半夜呆滞、蜡黄的脸——
总是那几张，鬼魂似的，在护士站晃悠。

我们从不交谈，从不交换疲惫的眼神，
仿佛对方是一面恶兆的镜子。
我摸出烟点上，等着红灯转绿。

不止一次，我从病房阳台上探身，
凝视人潮从尘霾浮动的街角
涌来又退去。老城的喧嚣像电梯一样
嗡嗡升上来，如同融化的冰山，
难以觉察地移动在巨大的灰色寂静之上。
傍晚，当卖花边的小贩
和闲荡的失业者把人行道留给
撒欢的狗，出来散步的男人袖着手，
朝地上狠狠啐唾沫。
而一群中年妇女开始练习扇子舞，
笨拙，迟缓，她们的灯笼裤白得像丧服。
暗下来的街景就像一记醉醺醺的老拳，
习惯以咒骂来应付那些黯淡的，
渐渐熄灭的部分，那过去的和将临的生活。
我揉着发涩的眼睛，感到身体里
有辆卡车正在爬坡，它嘶吼着冒出黑烟，
慢如输液管的药滴——在血液中
突然漾开，切换成导盲器的啾啾鸟鸣。

面包房的灯光在潮湿的柏油路

摇颤。女孩推开玻璃门
小跑着回来了,清澈的眼珠在暗处闪烁
像两粒水银。当她和我擦肩而过
提起裙摆走下台阶,
走向等在车边的男孩们,
一绺柔软的发丝顺着脸颊慢慢滑落下来。
空气桑叶般清凉,让人想起
童年幽暗的房间里正在上山的蚕。
我看着他们挥手离开,用亲切的方言
说晚安,心中奇异地涌起
一种老人才有的疯狂,一种嗜血的爱,
对女孩,对悄声细语的生命。
面包房里,咖啡机单调地研磨寂静。
服务生眼皮低垂,悄悄用鼻孔
释放一个哈欠。一对私语的情侣灯蛾般
偎着落地窗上的影子。一个小男孩
背着又大又沉的书包,下巴搁在柜台上,
不时打量我。烤盘上方未消的
热气雀跃着,扑向蛋糕,法式面包
松饼,洒了糖霜的黑巧克力。
我要了杯卡布基诺,在台阶上坐下。
咖啡麻醉般的浓香混合了灯光
烟草味和夜晚的潮气,徐缓地搅动着。

我只能离开一会儿,在街上
稍稍透口气。很快母亲就会醒来,
感到疼。她要喝水,上厕所,要做点什么
去抵消赢弱老年的惊惶。
在她右床,那个乡下老妇解开包头巾,
像只拔了毛的鹅,无声无息躺着。
她的头发早就在化疗后掉光。
偶尔,当保安的儿子会来床边搭铺,
佝着背,少言寡语。除了皱纹和早衰的白发,
他没有什么可以劝慰。门边,患子宫癌的
女工正在梦里逗弄不可能的孩子,
以一种异样的,令人毛骨悚然的温柔。
我已经习惯她的粗话,
形同变声期男孩的吃力的嘶吼,
当半夜,她丈夫满身酒气闯进来,
扔过从排档打包的半只烧鸡。
我常常惊讶于他们处理命运的方式,
谈论生计就像吵架,吵架像更激烈的爱恋。
还有天亮前最难耐的孤寂,
她们呻吟着醒来,带着吊瓶和导尿管
仿佛宇航员漂浮在无边黑暗中。
她们因服似的条纹睡衣,
渺茫的心事,属于同一出肥皂剧。
而我不得不待在租来的躺椅上,

像被绑架的观众,像她们一样无处可逃。

我小跑着,再次穿过街道。
一台停在路边的出租车按响喇叭。
司机探出头,问我要去哪里。
在午夜的十字路口,这问题太深奥了。
我有一个回不去的家,在母亲切除的子宫里。
还有一个慢慢变空的家,像失去动力的
拖船,在老城挨挤的屋檐下。
微朦的反光里,我落在身前的影子
就像一群奔命的老鼠,正从甲板上逃离。
明天,我就要乘火车离开
不得不把母亲留给大病初愈的妹妹
更老迈的父亲。我感到有种可耻的轻松。
马路对面,清澈的光
仿佛无数灵魂尖叫着飞出。
手机响了,传来母亲虚弱的嗓音
带着抱怨的回声和一丝怒意。
她在邻床的嘶吼中醒来,
如同醒在这一生摆脱不掉的噩梦里,
只有饿的记忆,匮乏和冷,
并把一切归咎于命运或贫穷。
我走进医院大门,揉去脸上的倦怠。
空寂的走廊就像过境安检的黑箱

来回扫描没有出口的死亡。

没有安慰，解脱的安宁，什么都没有。

无论灯光，还是年轻人

热切的眼睛都不能让她们松开

双拳紧攥的痛苦——它将在明晚抵达

带着惟有远离才能唤起的哀愁，

我的心似乎已预感到一阵熟悉又恶心的痉挛。

烟

煤气灯下，铸铁茶壶
呲呲冒着热气。模糊的方格窗
映着盆景，和一个孩子临摹的山水
那将临冬天的清澈的薄愁。

雪，从客堂的挂历上飘落：
静穆的西园寺，湖心亭笼着
数个朝代的暮霭……
苏州，远了；南京，同样暗淡。

我想起沉睡的祖父
穿着棉袍，瘦骨嶙峋的手
从烟榻垂到地板
似乎还拽着他那个动荡的世纪。

还是那只筋挛的手
皮皱得像大风刮过的瓦片
铲着走廊里的青砖地

也铲起天边一团带喙的钩卷云。

还有阴沉的夹竹桃。
蓑蛾用一根悬丝悠荡的下午。
一小截蜡烛
闷燃在夜晚垂软的棕绷下。

苏州是冬天有雾的早晨
一个孩子哈着生了冻疮的手
在方格窗上涂鸦；
每画一笔，就清晰一点。

苏州还是一筹莫展时
你第一个想要逃离的地方
那些讥讽的假山
飘过天井的凝滞的云朵。

而南京隔着灰暗的舷窗。
一艘尾部冒着烟的旧渡轮
驶入江心，鸣着笛
凄厉如消防车冲向火灾现场。

在两扇窗子之间，什么
都没有发生：两个我无声

对视着,以同样的嫉妒和轻蔑。
也许,我没有找到

通向广阔世界的道路
除了临摹的山水,笔触笨拙
毫无生气;除了那奔跑的孩子
颤巍巍的,发现自己

不过在分岔的铁轨上
移动了两百公里。现在他停下
看暮色四合:某种
肤浅的柔焦处理,像造雾机

虚幻,但足以安慰。
不清晰是我获得事物的方式。
烟痕里,一艘渡轮的侧影
倾泻的酸雨流过虹膜。

梦的解析

1

他们很晚才动身去那所平房。
她的手试探着,冰冷的自行车后座
如一块嗤响的烙铁。
夜更冷了,孤零零的月亮
长了毛似的,照着坑洼的沥青路。
一条货运铁路从西边爬来
切出城郊荒寂的一角
像干涸的墨水笔
划过她间隔越来越长的来信。
整个学期,那不祥的预感折磨着他
在卡朋特乐队的《昨日重现》
和《梦的解析》之间
直到他抛下期终考试回来
胡子拉碴,蜷缩在愤怒的煤车上。
她的脸不时挨蹭着他邋遢的军大衣

听见他喘气,小声咒骂什么。
他的声音陌生
遥远如朝她窗户扔石子的夏天。
快散架的自行车咔咔响着
仿佛去年,前年。
而她终究只是一个女人
年轻又虚荣,很难抗拒温暖的诱饵。
终究是软弱的,太多矛盾的泪。
他们在道口停下
谁也不说话。他摆弄慢跑气的车胎
她抱着肩,走到放下的栏杆前。
刺耳的警铃在空气中震颤。
他们站在原地,似乎下意识
拖延着什么,又仿佛什么都没发生。

2

借来的过冬房堆着煤块和杂物。
他用废纸生炉子,她去小厨房接水,
悬吊的灯泡在塑料盆里摇颤。
他们从未一起睡过
却像在一起生活了多年:一个
抽烟,另一个擦洗——蹲在拉起的
布帘后。现在她半跪着

拍松枕头，把湿而硬的被褥捋平。
她的头挣扎在毛衣的静电里
——他从未穿越的电网。
而他迟疑着，并非她煞白的嘴
残留烧酒冷冽的苦味。
并非她沉默，无辜，战栗。
哦，可怕的忠诚！仿佛拥抱她
就是背叛她，而夏天永逝。
木板床嘲弄地嘎吱响。
她把脸转向墙壁，如同被麻醉。
羞辱再次涌来——看，他中了诅咒
咬着牙，筋挛的脸突然变丑
却不知该拿什么撒气。
她的手垂在床边
一缕钻过窗缝的冷风。
爱我，骂我吧！在她耳边
瑟缩的风带着啸音
如蒸汽火车头。
现在，他看着她剪短的头发
后脑勺蛋壳般脆弱，忍无可忍。
她重新去布帘后擦洗
仿佛急于把他的种子从身体里
挤出去，却不知同样的诅咒
已经钻进了最深处

那沉默的，长了全副牙齿的恨意。

3

那么，这是她该受的惩罚吗
在动摇又多刺的年纪？未来那么远
像她步行几公里去公交站。
他紧蹙的眉头在梦里
舒展又皱起，像拆了又织的围巾。
他会梦见她哭泣，仿佛她应该哭泣。
她知道自己要不好了。
因为她总在犹豫，想要不乏味
又明知生活终究是苦的。
她的耳朵嗡嗡响，头晕得
像一辆颠簸中散了架的自行车。
她敲开亮灯的点心铺
要了碗开水，把脸埋在热气里
似乎看见自己躺在小诊所
硌人的硬床上，而一把野蛮的刮匙
在子宫里不停搅着，那疼痛
几乎是一生。早班车停在道口
刺耳的铃声在白雾里持续。
她闭上眼。是的，一切只是经过。
在活着就是忍受之前

在性交变得像白开水一样

平常之前,在变老之前

她收拢翅膀

像芭蕾演员踮起脚,屏息于

瞬间的静止。她一动不动,等着。

烟杂店的成人礼

1

消防车在失火的市场尖叫。
天热得瘆人,融化的柏油路
软如体操房的棕垫。

他飞跑着,整条街的人
在大喊——快停下!湿答答的衣领
像马辔,勒紧他的十六岁。

卵石路从桥上滚落。
一团可怕的火蹿上了烟杂店的
遮阳篷。他感到腿肚子发沉

从抽屉里偷拿的钱
在手心攥出了汗,散发出
陈旧的石灰味和嗓子眼的丝丝甜腥。

2

觑着眼,坐在骨牌凳上
夹烟的手划了个不耐烦的弧。
她转身,一只泡沫拖鞋在跷起的

脚趾上颠荡,把微妙的
颤动从脚踝引向泡泡纱睡裤
神秘的开衩。

一滴汗,从他发痒的鼻尖
滴落到玻璃柜台上,漾开一团
小丑的白油彩。

他把揉皱的钱摊开
捋平。难堪的手指又脏又黑,
在招供笔录上摁下了指纹。

3

现在,她的吊梢眼嘲弄似的
乜斜着,像魔术师变完了戏法。
而他是战栗的观众,

踮着脚,隔着柜台探进
她裤兜的破洞:刺耳的大笑里
一蓬带电的毛刺穿了

他憋足了劲想要闯入的夏天。
他转身,冲出烟杂店,
佝着背跑开。一只手无力地垂下,

仿佛受了伤,
又似乎突然长出了鱼鳞。
空气里,弥散着越来越重的腥味。

黑色的锚

那天中午,他离开道前街上的办公室
一个人在马路上走得飞快。
那是早春,1979 年
料峭的风还有点儿蜇人。
他低着头,手里攥着一卷报纸
不时猛挥几下。
不知不觉,他走到了南门码头
站在人民桥上,看着远处什么地方。
附近铁锈色的船坞里
一群穿胶筒靴的工人正在卸货。
咣咣的空油桶醉汉似的
在跳板上乱滚。
他蹙着眉,怔怔地
觉得心里头有个声音在啊啊喊
却怎么都喊不出声。
嘶哑的汽笛里,一艘运沙船
慢腾腾驶来,似乎随时没入波浪。
就这样,他一个人站了很久

突然浑身发颤,淌下了一滴泪。

天擦黑以后,他回家。
一幢前苏联风格的筒子楼
蜂窝煤熏黑的走廊。
尿布和硼酸皂的气味
猎犬闻嗅的鼻息。
窗前,中风初愈的祖父
拍着藤椅,朝他咿呀喊着什么。
他摇摇头,支起小饭桌
把报纸摊开。
二十年,一个漫长的寒噤。
他代表全家,把落实政策的股息
捐给了一所小学。
模糊的新闻快照上
他跟往常一样蹙着眉
但那天傍晚,一束光落在了
他黯淡的前额。那里,过早显露的
抬头纹仿佛命运的暗褶
终于被驶离码头的轮船搅乱了
终于平静了。

临睡前,他把剪报
压在五斗橱的玻璃台板下

紧挨卷了角的全家福

像把锚下到夜晚动荡的波涛里。

他静静的，躺在棕绷床上

感到身体里嘀嗒的闹钟停了下来。

冷淡

父亲爱过的第一个女人
我们的家庭医生,二十年后
我从她女儿丰满的嘴唇
和害羞的微笑里,
看见了他当年未及说出的爱恋。

我遗传了他的
连心眉,他的谢顶,
他冷淡的、微微下吊的眼角
——正是这冷淡
让我对那个美丽的少女视若无睹。

观看一部纪录片
——安东尼奥尼的《中国》片段

1

忙碌的河上集市
跳水的木排和男孩消瘦的脸。
农民们摇着橹,送来了
小青菜和鸡毛信。
一群女工系上橡胶围裙
抬起一筐筐带鱼、鳊鱼和马鲛鱼。
为什么我们的餐桌上
只有泡饭、腐乳和腌雪里蕻
小巷如瘦弱的野猫蹲伏
一辆警用三轮摩托
载着白色连衣裙驶过街角。
一闪而过的美
短暂,耀眼如闪电
而瞬间失明的眼睛仍不断

眨动。遥远的1972年
夜晚的黑丝绒
和断了发条的玩具马车。
疯跑的小表弟舔着宝塔糖
尖叫着，甩着开裆裤里的蛔虫
像突然长出了尾巴。
生活是一根压弯的扁担
必须用更沉的一头
去挑开小吃铺的热气。
那些不管怎样
要在早晨吃一碗面的人
"哧溜"一声，把清鼻涕
和咒骂吸进肚子。
而在天黑以前
离家出走的男孩回来了
褴褛的旧罩衫，每个破洞
都露出鲜活的童年。
安东尼奥尼狡猾的蒙太奇
被认为邪恶，充满敌意
并非纯然无理：
当寺庙里，泥塑的佛头
配上了样板戏的激越旋律。

2

我看不见的影子
走过小石桥,边角绽线的
黄书包在屁股上颠动
像大人溺爱的拍打。
低矮的屋檐在傍晚变得更矮了
而瓦片如剖开的鱼鳞
仍忙于搜集一条街的乳牙。
女人们三五成群
来河埠洗衣,她们的皱纹
消融在古老的涟漪。
还是那条绕来绕去的河
带着青苔和鸭子奇怪的臭味
像我们用来告别的一生
像绕不完的绒线
订制的寿衣,工整地
叠放在樟木箱底的旧嫁衣上。
这座城市有太多爱和死亡
我和你,你和它们——
暑气蒸腾的树荫
锈色的门牌,我们的
疯邻居舔了又舔的石灰墙

以及对灶屋间

和一碗白糖莲心粥的

难遏的思念。

但我只能隔着距离来爱

隔着雾中的幽灵

当一台摄影机不断拉远

退入亮灯后的电影院

空余满地狼藉

和一排排绒面磨损的旧座椅。

再一次,记忆缩减

成呆板的图像,颤抖着

寻常如树下撒尿的狗

游客蜂拥的桥头

一个还乡的异乡人

穿过众多游荡的影子

每次张望都是

用剪断的脐带再打一个死结。

南行记

1

旅行杯里,白开水变凉了。
一只苍蝇嗡嗡着,爬上剥开的蜜柚。
火车开始减速。她把盖毯捋平

随后,掺了煤烟的白发靠上
他的肩头。哦,不可能!这忒轻浮了。
没有镜子会赞成这出格的亲昵。

斑斑驳驳的影集里,他们
正襟危坐,直到讪笑定格于干瘪的嘴。
是格,是格。我看见他干巴巴地点点头

继续读报。她肘部磨秃的哔叽外套
扣子系到了脖颈。小站荒凉
罩着明净的暮霭。

几只鸡在潮湿的铁轨上觅食
不时扑棱翅膀。远处，着色的群山
单调如乡村学校油漆剥落的黑板。

她轻咳着，身子探出窗外——
一群泥巴孩子跑过来，顶着售卖的篮子
黝黑的细脚杆搅起尘土。噢，勿要。

但唾液和习惯性犹豫又冒了上来：
在这里，人那么穷，水果又这么甜……
而他把老花镜推到脑门

拿报纸赶苍蝇，假装没看见
邻座脱了鞋的汗脚在自己腿边晃悠。
她回过脸，看他摸出两枚硬币

熟稔地夹住腮帮的胡髭。
憔悴，老迈，这个命运交还给她的
陌生人——车厢蓦然一震。

2

火车轻晃，穿过无边的黄昏。

雨后的蚊蚋搅乱了一家小酒店的
门脸。她揉着膝盖

呆呆地坐在行李中间
如同蹲在满是鸡屎的候船室
错过了假期探亲的班轮。

哦，那痫疾般不时作祟的
小资产阶级乡愁，农基课的堆肥
地球仪和泛着白霜的垒土墙。

当雨从渗漏的屋顶滴落
在失修的风琴上，她剔亮油灯
笨手笨脚织起了毛衣。

怀孕八个月她逃跑了
爬进闷罐火车，摊开包头巾
在过道蜷身躺下。又一个小站

滑了过去，芒果树的阴影
使她的脸颊变得柔和。
"唉，我不可能成为居里夫人

因为我太喜欢刺绣了……"

车轮在生锈的铁轨上擦出火星。
她的蜜月是站台和丧服

床头柜上裂成四瓣的
小圆镜，拼凑起阴悒的全家福。
月亮高悬，仿佛熄灭的坩埚

又像黑框里投水的外公
冷冷逼视。那个酷热的傍晚
踉跄着闯进花园的

不是辫梢烫卷的娜佳
而是悲恸的长女，佩着白花
来跟年轻的新党员诀别。

哦，勿要瞎讲！第一次
她骄傲的脖颈朝他弯了下来
就像硫酸纸上，探空火箭的弧线。

她绣在枕套上的鸳鸯
褪了色，变成了暗褐的麻鸭。
她写信的水笔像蚂蝗，拼命吸着

直到广阔天地如撑开的伞

突然收拢。剪掉了辫子,把布拉吉
扯成尿布,我看见她从屋后奔来

气恼地挥舞着菜刀,"天哪!
就连杀只鸡我都做不好。"而那只鸡
滴着血,又回到了潮湿的床角。

三十年过去了,她仍然站在那里
盯着脚边一束屈从的光,眼神凶狠
沉默如磨秃的顶针。

吹彻的风吹散了一叠旧讲义
页角留着回形针的凹痕和锈迹
而她已懒得弯腰拾捡。

支着肘,她害起了偏头疼。
一棵棕榈从暮霭中走来
戴着破笠帽,来蹭腿上的泥巴。

3

哦,越南。窄轨火车吼叫着
一路爬进丛林,像断了腿的越战老兵。
而他端着笨重的相机,快快的

站在殖民地风格的站房前
取景框里,他年轻时代的影子
突然闪现——尖尖的棕榈叶

两撇翘起的胡髭。当他
趴在工作台上,摆弄手摇计算器
是否想过火箭弹拖曳的尾光

很快会消散在稀薄的大气层?
我们这代知识分子啊……
至少,有人突破了年代的音障。

而他在坠落,瞪着脱落的
氧气面罩,去一家军工厂当起了
钳工;用磨出老茧的手

把螺栓拧入大脑——终于
上面的管制松动了:他获准回家
带着硬糖和一架喷气机模型。

孤僻,易怒,秩序册般
严谨,配给券一样苦涩又乏味。
我看见他下班,扛着脚踏车

像扛着小型靶机，把茶缸
和人造革公文包挂到门后挂钩上。
他莫名的暴怒像蝉

聒噪后，带来更深的沉寂
如同那架罩了玻璃盒的飞机模型
搁在上锁的书橱最上层。

在窗前，一动不动坐着
听着拂晓时分花园里传来的
一声两声鸟鸣。

天光渐亮，公鸡在篱笆边打鸣。
而他好不容易睡着了，白发稀疏
嘴角淌着一摊亮晶晶的口水。

4

短暂的阵雨后，海湾
在车窗闪耀，亮如融化的焊锡。
他把看不懂的本地报纸

翻得哗啦响。新闻快照上

奥巴马正坐在河内街头吃米粉。
那些淡而无味的米粉

像是用碎纸机轧出来的。
而她吸吸鼻子,从盖毯下伸过手
悄悄握住了他的。离家越远

他们的肩膀就挨得越近。
我看见一辆窄轨火车穿过雨雾
仿佛穿过一个难以抵达的

存在之谜:她辫梢烫卷的
少女时代,他战栗的忠诚。
他们如何捱过那些床板发烫的

躁郁的夜晚?如何
用空气动力学或分子化学
描绘青春的离弦之箭?

当他站在试验场坚厚的
混凝土墙前,或是她去提水
忍着眩晕用木槌敲碎

河面的薄冰,怨恨如何

像涟漪扩散,消失在水草间?
而她的父亲脸朝下

静静浮在那里。生活
他们有过的,加速驶远的
充其量是一场糟糕的合唱排练

一只干涸的墨水瓶,瓶底
残留着数条训诫,像标语一样
简短有力:"别碰政治!"

"别操写作的苦营生!"
噢,文学的印花窗帷又怎样
在破碎中慰藉了一颗心?

他们对我的失望恰似
我对自己的,那裁自命运的
纫了又纫的同一道褶边。

我看见他们依偎着
就像一副上了油的旧铰链
皱纹越深,他们的脸就越开朗

说着,笑着,始终

坐在我的对面。而延迟的火车
不断加速。现在他继续读报

带着一丝犹疑或警觉。
而她没戴假牙的嘴啜吸芒果
啜泣似的。变幻的光线穿过车窗

在他们眼睛里闪耀，一种
在移动中不断显影的爱，家常的
微小的深渊，不需要理解

只是在铁轨上耐心地
缝合什么。群山随车厢的震颤
猛地一沉——又继续耸立。

卵石路（组诗）

喷气机之夏

这是我的托儿所，钉铁皮的木门
落着灰，挂着"顾颉刚故居"的铭牌。
矮胖的女教师和令人晕眩的
旋涡眼镜，腋毛
浓密，壮如传说中恐怖的巨人。

那条不起眼的弄堂
牌坊后会跳出一群拦路的恶童
骑着大狗，膝盖补丁缀补丁
哄笑着，冲我
丢盔弃甲的背影撒尿，仿佛标示领地。

我有一架魔法马车
比新娘的钩花裙子还要漂亮。
还有一顶厚实的飞行风帽

黑咕隆咚的夜里，我会拉下帽舌
当幽灵们用力摇晃床栏。

没人比我更熟悉墙根的秘密
打灯笼的鼠尾草
野桑叶的锯齿和老鸦粗嘎的忧伤。
街角老榆树上有我的窠。
如果我是孤儿，就是长翅膀的孤儿鸟。

拆散的自鸣钟在书包里嘀嗒。
午后，滚烫的卵石路只要啐口唾沫
就会冒起一股轻烟。
低矮的窗变成了一口口蒸锅
塞着躯干、叹息和女人可怕的尖叫。

阳光那么晃眼，似乎可以
吹起口哨，沿着河岸一路游荡。
只有电影院黑得发稠
翻板座椅像发了疯的跷跷板
又像一口气喝下的汽水在胃里翻腾。

那艘油漆剥落的旧轮船
在傍晚驶来，带着煤烟和穷尽
三角洲平原的执拗，不断更新我的

运河里程。离家的不适
和对新家的恐惧像两股尾流

被拉长的汽笛陡然放大。
贫苦的村子上,高音喇叭催眠了
草帽和稻浪。我拽紧
母亲陌生的衣角,像喷气机
在天边拽着一缕眼看就要消失的白烟。

练习曲

我的影子从变小的窗口
瞪视我。弄堂,遗址一样静。
两只家雀在卵石路上蹦跳
旁若无人地啄食。

生锈的门牌让人想起
配给券。从我学步的客厅
依然传来粗鲁的玩笑。
门后是黄昏,和一只旅行箱。

灰尘,奇怪地好闻。
楼梯如失修的琴键嘎吱响。
但棉絮做的云朵在哪里?

跨骑的海豚屋脊呢?

蛞蝓在一勺粗盐里蠕动。
一段喑哑的旋律蓦然涌来
仿佛喉头塞了破布。
我看见你,扬起讥诮的下巴

骄傲如雏鸡,系襻的皮鞋
踩过一串卵石气泡。烟杂店里
老式电话的拨盘飞旋着
仿佛为街头追猎的嘡哨伴奏。

礼拜天,偷来的脚踏车
在小雨中巡游。一群褴褛少年
闭上眼,双手撒把
滑翔在号角般汹涌的琴声里。

你,归侨的女儿
烈日下一朵贫血的花
提着裙摆,赤足走下楼梯。
而我惊愕地站在桥头

钢丝做的弹弓攥得发疼。
呆傻的五年级,野葱一样

蓬勃,又自惭形秽
想用暴虐来抵御心头涌起的

酥软——那并非残忍
而是近似的,厄运般的温柔
像扔进窗子的死鸟
或是一把锉过的小刀轻戳

撕下的日记。哦,我的
我们的,一代人的懵懂骚动
穷街里运血的黄鱼车
掺了生石灰的空气。

肖邦的c小调练习曲
是用缠了胶带的刀柄弹奏的。
我看见你垂着眼
快步走过射瞎人的路灯

新洗的长发扎着白手帕
像收拢的一片帆。而流言的
蝙蝠在屋檐下扇着翅膀。
"拍鸟"的切口和公厕墙上

被涂污的名字。

你的脸封存在照相机
暗盒里。你不存在的影子
霰弹般掠过电影院楼座

直到有人叼着烟走来
炫耀胡髭和脏指甲，那亵渎的
戳记——现在，你骇叫
远远跑开；而皮带和板砖的

练习曲像嗜血的苍蝇
不断飞来。你苍白如雏菊
在自设的囚牢里
用憎恶为我们每个人赎罪。

随后，一切都远去了：
游荡的桥洞和奔流的运河
让井水变涩的眼泪
以及环绕它们的一个个周年。

我站着，攥着恍惚的弹弓
仿佛站在一艘倒扣的水泥船上
把密信裹上石子
射向你闪着磷光的窗口。

普通邮包

想象垂柳撑开鲸骨裙撑
长途车如蓑蛾在尘烟里翻滚。
想象运河上的云
如何像逃学的孩子慌里慌张跑过
当黑鹳,戴眼镜的语文教师
叉着腰站在稻田里训话。
为什么小汽轮总戴着厨师的白帽子?
而怨恨的波浪用一排排锯齿
篦它的侧影。火车吭哧着
开往埋伏的铁桥。
一条嗅到了危险的土狗开始狂吠。
而故事书里,总有一阵落帽风
把人和事像锯末忽然吹散。
我抱着布包,坐在潮湿的土豆堆上
想象自己是一颗俯冲的航弹
带着啸音,掠过
所有被地平线搬运的山谷
落在解放牌卡车和海关大楼
失神的大钟上。
童年是散了架的引擎
一堆发烫的零件乱响着滚下斜坡。

当我一次又一次

从玩耍的街边被拽走

像焊锡，熔化在铁轨与河流

相接的焊点：刷了石灰水的泥屋

亭子间，营房式宿舍

或是无头怪看守的乡村寺庙。

想象农基课上的鼻涕少年

如何掏出米粒

喂他秃尾巴的公鸡。

想象绚丽的毽子在群山间起落

蝌蚪从小溪游入搪瓷缸。

想象微弱的抗议

和晚风中大片豆荚田的诱惑

以及聊胜于无的补偿

在慢悠悠的牛背上拜访烂泥塘

或是一只洗澡的旧木盆

划过小镇的月蚀——

那几乎是欢乐，无穷无尽的欢乐。

但变化的风景并不能擦亮

任何一扇模糊的窗。

除非在屋里①，家这个词

不会从轮子或粼粼波光找到意义。

---

① 吴方言里，家即为"屋里"。

那令人无措的爱

如同屋后一条认生的狗

狂吠着,在我身上嗅了又嗅。

想象自己是一只难闻的

密封罐,带着运河浑浊的水气

和底舱冲洗不掉的

臭鱼烂虾味,而破黑板上

一道阿摩尼亚水的化学分子式

被完美还原成运猪车

和村口走走停停的粪箕。

想象一只邮包溜出纳鞋底的会场

一头钻进地板洞

蹲伏着,像逃犯试图躲过

搜捕的手电筒。

我能够想象的所有愤怒

就是朝车窗外挥别的手啐唾沫。

未来是过道里眨闪的防爆灯

彻夜注视我

它的眼睛细长如壁虎。

想象酷刑结束,一个男孩

怀抱公鸡,独自

站在雾气弥漫的站台上。

不管谁来认领,我都假装哑巴。

走马灯上的新年

1

磨白的红漆地板打了蜡。
烧水壶和钢精锅用草木灰擦得铮亮。
水门汀晒台上,床单冻成了
一面面僵硬的旗。

令人振奋的冷空气里
一座破败的宅院忽然恢复了生机
忙碌如剧院后台。而各种道具
早已在开演前准备就绪:

赶制新衣的棉布
熏鱼,配给券,笼屉和木炭
门楣上方崭新的领袖像。
只有几张榫卯松脱的靠背椅

还无动于衷地围着黯淡的
茶壶似的瓜棱桌。我像只陀螺
被大人们支使得飞转
去街角打酒,去井台提水

或是泥鳅般钻过腿缝
在油光诱人的肉铺占个好位。
南显子巷,斑驳记忆的
第一个绳结

沉入水缸的明矾
和一把水勺子搅起的漩涡。
新年像擦拭过的雾
穿过近乎透明的窗玻璃。

2

前门和后门虚掩着
朝向两条嘈杂的小街。
小街通往大路,而大路尽头
矗立着一座无限的车站。

叔叔跳下闷罐火车
第一个闯进祖母的午睡。

咧着嘴，裹着灰蓝的棉大衣
脸颊黑而瘦，脏如煤灰。

然后是母亲，牵着妹妹
拎着一兜黏答答的碎鸡蛋
有些茫然地站在
槭树下，似乎台阶可以

治愈运河夜航的眩晕。
然后是表姑，插队的舅舅
雷锋帽和冻伤的脓耳朵
从剥开的豆荚里

突然蹦出来的七八个
表弟和堂弟。一切仿佛
漫长的战争结束
回家的人们揣着小人书

糖果和潮湿的花生
一路飞奔。而消失的人
也回来了，神情严肃
出现在供桌上方的相框中。

傍晚，空寂的街道

酝酿着雪。父亲的旅行袋里
一架迟到的飞机模型
已经在幽暗中等待起飞。

3

缝纫机在枕边彻夜嗒嗒
缝缀着一个离散之家。
煤球炉上,小火慢煨的砂锅
满足地咕哝。一团团热气

在灶间丝絮般漾开。
女人们忙于辨认票证和鞋样
掐算着炼乳、绒线、老佣人的工钱
罐头厂门市部的鸡壳子。

男人们把脸藏进烟雾
聊着自行车票,惶恐和挨饿
还有前院花匠的儿子
如今倨傲的新贵,低压了嗓音

似乎提防走廊里的鬼影。
供电不足的白炽灯隔着蚊帐
忽闪着,像发亮的伤疤

让人心里发痒。

我蜷躺着,竖起耳朵。
伴随着"嗒嗒"的缝纫机
和扳指节的咔响
大人们含混的窃窃私语

飘向冬夜闪烁的穹顶
熨贴如烧着木炭的老熨斗。
火柴的擦刮声里
老旧的电线开始嗤燃。

房间剧烈地颠簸
像湖上鬻泥的机帆船
顶着骇人的浪。
我梦见亲人们站在船头

抱着被褥、鸡雏
蜂窝煤和缝补丁的米袋。
水门汀晒台像船甲板
突然倾斜,漆黑的天幕下

零星的焰火从树梢升起
热切,无辜,一个接一个

像巨大的惊叹号
熄灭并暂留在视网膜上。

4

圆规、卡钳和量角器
像摆放整齐的刀叉。硫酸纸上
尖如鹤嘴的针管笔勾画出
一盏精巧的走马灯

复杂如铁路联轨站。
叔叔微眯着眼,皲裂的手
托着铁丝捆扎的灯架。
这是转轴:一节蒸汽火车头

穿过细描的山山水水。
这是风轮:摆开过年的圆桌。
硬纸板剪出的人影
旋转着,像隔着一扇舷窗。

有人在空气中茫然
挥动手帕,有人喝着汤突然
痛哭,有人忙着拿羚羊角
磨粉治头疼。

那些温驯、沉默的人
吃力地跑着圈，对时间和
自身的悲剧毫不知情。
而煤烟飘过饥饿的邮筒

像蜘蛛，在他们头发里
织巢。现在，灯泡已经擦亮
新衣已经缝好
全家人围坐在圆桌前

局促不安又郑重其事。
走马灯悬停在燃尽的烛焰里
在窗前，等着下一次。
再一次。最后一次。

棉纱手套

1

不耐眼泪和吵闹
他会套上工厂的翻毛皮鞋
去弄堂路灯下抽烟
不等廉价纸烟燃尽就接上一支。

那笼罩我童年的烟雾
辛辣又轻柔:过冬的湿煤堆
自行车后座夹上磕凹的
搪瓷茶缸,和棉纱手套好闻的

油污味。他生来就知道
如何流着汗讨生活,生来
就寡言,也不介意
偶尔动动粗。袖管卷到臂肘

总是忙个不停，去屋顶
筑漏，为姑妈新纳的布鞋钉掌
或是钻进阁楼，摆弄
缠了胶布的半导体收音机

谨慎如野鲫鱼咬钩的钓杆。
他用满手老茧教我的
多过老城厢铁砧似的石板路
多过黑板上吱叫的粉笔

我被他稳稳拧入生活。
懵懂中，美和恐惧的养育
我钻过他卧室天窗
偷读小说的那些日子：

绣像版《水浒传》
边角起了卷的《红与黑》
——像幽会的马车在城中
兜着圈。而安娜·卡列尼娜

颠簸着，残缺的半册
如面纱半遮的安娜扑倒
在耀眼的铁轨上……
这些从他手套破洞飞出的信鸽

混合了闪电的焦煳味
和冬天灼热的呼吸
让我相信生命值得耗费在
虚无、矛盾,毫不实用的事务上。

2

他读医专,却不知为什么
去耐酸搪瓷厂当起了翻砂工。
一粒通红的铁砂
嗤响着,沉入沁骨的冷水。

当证件照上消瘦的青年
渐渐地长出了拉碴的胡髭。
姑妈嘴唇咬得发白
贫血,孔雀般骄傲,挑中了他。

他们生养了三个男孩
我木讷、指节粗大的弟弟们。
有点愚笨,有点不谙世事的天真
似乎恪守着过了时的本分。

他是否曾感到纳闷

当他趿着鞋,醉醺醺穿过
花园里的鸡笼和杂草
怔怔地看着脚下新挖的尿坑?

他迷人的鬼祟和沉稳
去了哪里?那无因的愤怒
沉默又桀骜的平民的血
又去了哪里?我永远不会明白

有孩子意味着什么。
日复一日,套上粗蓝布工装
鞋底碾碎烟蒂,朝干燥的手心
吐唾沫。这阴郁,穷人的

在年历做的书皮上闪着微光
又像工厂发放的棉纱手套
从湿漉漉的晾衣绳
成排飞过窗口。我看见他们

面对面,坐在床边
姑妈板着脸,低头绕线团
而他别扭地侧过身,绷线的手
挣摆着,笨拙地画着圆

似乎在空气里抚摸什么。
那被劳动改造的，皲裂的手
摆弄理发推子的手
缓慢又耐心，用仪式的庄重

接上了生活的一个个断头。
一种油然而生的亲切，像烟瘾
使我本能地亲近所有泥坯般
没有表情的脸——

并非同情，而是某种
痛苦的欢乐，罕见又寻常
比童年埋藏得更深
如折断的钩针使手颤栗

自渎一样狂热，难以启齿
当失眠夜带回"格格"磨牙声
和天花板的吱吱鼠奔
邻居偷水的龙头在公用厨房

彻夜滴淌着，滴淌着
卑微，庸碌，又充满热忱。
从木板墙的另一边
传来他雪崩般静寂的呼噜。

3

在医院婉拒收治的
最后的日子里,我搭火车
回去看他。躺在铺了棉被的
躺椅上,咳痰的嗓音

虚弱得像扎破的旧车胎。
岁末的风从窗缝钻进房间
潮湿而冷,混杂着
街道里烧垃圾的焦煳味。

几乎一夜间,他的时代
就像姑妈用手套钩织的台布
褪了色。工厂改制后
他蹬着自行车,一头拐进了

证券营业部。只有那里
铁皮更衣柜熟悉的"砰"响
依然在荤段子和咒骂声间回荡。
成堆的老人,烂红薯似的

吮着坏牙,几缕唾沫。

黄褐色的烟雾从茶缸里袭来
绿色指数和街角的红灯
交替跳闪，一个老迈的拳手

摘掉了手套，跌倒
在砌了一半的花坛边。
当我俯身，他偷偷眨了眨眼
假装要烟抽。冰冷的手

如咬钩的鱼抖颤着
触到我的，随即无力地滑脱。
玩笑被噎住了：他阖上眼
青灰色的脸上浮现出

从未有过的惊慌和懊丧。
我看着他低垂的手，潮湿的
胎毛般稀疏的白发
感到一分钟都待不下去了。

我告辞，在初冬的街上
走得飞快，似乎不小心踩到什么
黏腻又恶心。一群顽童
正在人行道上打闹，呼喊着

仿佛童年无穷无尽。
我松开拳头,攥得发白的掌心
似乎躺着一块小木牌
一面写着"开",一面

写着"関",挂在老宅
门后的挂钩上。我啜泣着
在暗下来的街边坐下
有一扇门已经永远闩上了。

4

表露情感对他无异出乖丢丑。
我能想起的亲密,只是点烟时
他粗糙的手拢住我的
随后,表示感谢的轻轻一触。

他从不加入亲戚们的围攻
为我成年后的忤逆
离婚,拒绝生育——只有一次
我们去抽烟,他装作不经意

提到我角别①的生活。
眯窄了眼，明显不耐尴尬的
沉默，他立即放弃了
转而说起最近的一次野钓。

而我同样羞于谈论自己
那苍白的、从一副旧手套
开始燃起的火苗，别扭
如放学路上，粉笔涂白的球鞋

腾起一阵灰。我们的交谈
从不超出饭桌或天气，平淡得
近乎乏味，又似乎蕴含了
某种深意，让人想起

四个孱弱的男孩吧嗒着嘴
喝鱼汤，或是他揪住后衣领
把我从街边拽走
而公审游街的卡车穿过

两边伸长了脖子的人群。
对于我，他不是怯懦、精明的

---

① 角别：苏州方言，特殊、别扭的意思，略带贬义。

父辈，只是一个男人
一个沉默又纯粹的典范。

如今，围绕他的烟雾
已经消散，太多琐事已经忘记。
但我知道其中有种永久的好
像他推着永久牌自行车

送我们去托儿所。大表弟
站脚踏，双胞胎弟弟挤在后座
而我斜倚大杠，双脚
在清脆的铃声中来回踢荡。

幽灵照相簿

1

乌云熨过的长衫。架着腿,
坐在太湖石上,胡髭初生的嘴
抿得紧紧的,生怕
被照相机摄走了魂魄,
在上世纪二十年代的秋天。
十四岁,当嗜赌的曾祖父输掉
最后一间铺子,兄弟俩
揣起砚台横渡过江。
一个去亲戚开的纺织厂跑腿,
一个去南北货店当学徒。
那时,他们对世界还很好奇。
近在咫尺的时髦都会
像一节碰壁用的玻璃柜台。
他们苍蝇般乱撞着,
送货的脚踏车卡进了电车轨,

又把账簿里的税票粘上了
信封。他们的袖管挽到臂肘，
像藏起夹袄里的土气。
无数孤寂的夜晚，爬上铺着
稻草的硬板床，他们感到
慢慢回到身体里的每一分力气，
都在发出铜板扔进钱箱时
悦耳的叮当声。

2

现在是她们，广陵镇
出了名的三小姐和生祠堂
竹园里，翘首远眺的兰姑娘。
当她们跳上逃婚的马车，
或是蒙着头，颠簸
在喜极而泣的轿厢，依旧
为幼时裹起的小脚难堪不已。
而内战在报章上持续，
油灯熏黑的民国地图
像一片烤焦的烟叶蜷曲着。
但无论战乱还是新闻，
在偏僻乡村都像镇痛的烟土
一样奢侈。酷热的平原上，

她们麦收时嘶哑的呼喊
像江上一眼望不到头的拖船。
她们把脑后的发髻缠成
纱线上拆不开的死结,
低头走过祠堂和蜚短流长的
村路,直到起了雾的眼睛
被烧荒的野火点燃。
那时她们任性,又坚韧,
相信再筋疲力尽的波浪里
也有一个凝视的未来。

3

呢帽半遮脸,手笼进
袖筒,以为这样就能躲过
掮客和冒险家的丛林。
直到娉婷的月份牌上传来
狼群的嗥叫,投弹瞄准镜下,
他们的工厂和商店
在满城火光里冒起浓烟。
他们一筹莫展,想掉头寻找
家乡的河埠头,来填补
抽屉里疟疾般的月蚀,
却发现赎回的老宅已经

被坚壁清野的游击队拆平。
而她们不得不从箱底
拿出陪嫁,一路跑向靖江城,
去宪兵队保释两个迷瞪的
疑犯。仿佛曾祖父作祟的鬼魂
爬上膝盖,他们从早衰的
抬头纹,嗅出了宿命
熟悉的霉味。他们的本分
只不过是一根串铜板的
棉线,又在磨损中不断散落。
当老实巴交的雇工们
挠着头走进来,要分田,
要她们的梳妆台,他们终于
笑出了声,在下雨的屋顶
跳神般手舞足蹈起来。

4

还是那艘远行的小船,
只不过船艄上换成了她们,
两只手攥紧细软和包袱,
站在拆散的婚床边。扁着嘴,
她害起了偏头疼,仿佛
对于身后门闩般关闭的故土,

今天才是哭嫁的日子。
而她抚了抚鬓角的乌云,
看着波涛里涌起一个叹息,
一段镰刀齐刷刷刈过的岁月。
像看护幼崽的狐狸,
她们把所有孩子拢在身前,
无法治愈的小脚踏上新家的
石阶,嘴里发出迷鸟般
无人能懂的轻叫。只有他们
依然相信苏州城的黄昏,
窗台上还会有一盆清雅的茉莉
开放。像曾祖父一样
他们从不轻易认输。换上
中山装,别起护符般的像章,
直到架子上的线装书
消融于革命的热浪,新邻居的
鸡群在花园漫步。照相簿上,
慢慢洇开一滴被典押的眼泪。

5

除了几张暗淡的照片,
他们谁都没活过那个漫长的
世纪。她们藏在床底的

棺材被劈开，做成一套捷克式
家具。磨得发亮的藤椅上，
他们的秃头挨着半导体收音机，
在咿呀的戏文里越垂越低，
等着死亡摇响骰盅。
而七十年前掷出的骰子
仍在碗里转着，像一间乡村
杂货铺空荡荡的挂钩。
他们把一生嵌入了时间的
褶皱，使出了全副气力，
却不过是沸腾的汤锅里
被撇掉的浮沫，既没有荣耀，
也没有传奇和后代讲述。
张着没牙的嘴，他们试图
从虚空捕捉某个镁光灯
闪烁的瞬间，不是小舢板
如何摇摆于滔滔浊浪，也不是
憔悴的镜子，被战火阻隔的
家书，而是一个春天的傍晚，
黄包车跑过静安寺的溶溶月色，
四人两两偎依，一路轻笑，
去听梅老板唱戏。

第二辑 夜车

顺道拜访

家具老旧。廉价地毯
磨出了白茬,有一股猫的酸味。
他走来,变形的指节夹着烟
不时搔着鬓角的灰发。
三十多年前
一个莳秧的青年捋直裤线
来传授一种恶魔理论
来恫吓我们"堕落"的灵魂。
但越狱后的教室里
只有弯折的教鞭
课桌上潦草的、亵渎的笑话。
……寒暄后的沉默。
他开始抱怨失眠和风湿
不停雇用又不停解雇的保姆
那些毫无教养的俗妇
要么偷懒,要么偷他的养老钱。
突然他摘下眼镜
鼻尖凑近我,似乎再次

嗅到了隐约的警报。

"哦,别提过去那些破事了

让它过去,不是更好吗?"

时间见证了两个同样

一事无成的男人,我的庸碌

他的鳏居、垂暮和憎恶。

但革命和李贺依然像清水鼻涕

在他袖套上磨得发亮。

我掉过脸。暗沉的窗外

暮色脏抹布似的

擦着玻璃。"我们这代人啊

不过是忠诚的猎犬,"他掸了掸

膝盖上掉落的烟灰

"喏,一条讨嫌的老狗。"

我感到有只生锈的铁皮罐打开了。

陈年血腥味在房间里

重新弥漫开来。

我告辞,飞快地走下楼梯。

而他扶着门,夹着早已燃尽的

烟蒂,嘟嘟囔囔唤着猫

如同老迈的绞刑吏

走到臭烘烘的浴室莲蓬下

"唉,这些小婊子,小婊子。"

夜车

月台在哈欠中飘走
稀疏的房舍退向平原上灰褐的雾。
不安又疲惫
我心不在焉地读策兰——
死亡赋格曲。冬夜,一扇铅铸的门。
有些痛苦是无法转化的
像弯曲、生锈的
铁钉之于最后的锤击
他的绝望拒绝我的。
我看着窗外。黑暗里匿名的怪物
抖颤着,浮现又溃散。
火光勾勒出一座石灰矿的轮廓
废弃的矿洞张着嘴
蒙克似的。呼号,呼号。
一颗孤星从天幕缓缓滑坠
很快转换成售楼处的灯箱广告。
一代人小而苦涩的梦
翻腾着,像策兰

纵身跳下的塞纳河

却早已贬值了。在我对面

一个孩子从母亲的怀里醒来

嘟着嘴，乱蹬着。

而捧着纸板箱的新旅客

气喘吁吁挤了进来。

火车震颤着，重新启动。

夜把苍白的辉光洒向冒泡的鱼塘。

一只觅食的黄鼬

悄悄跑过田野里结霜的残梗。

毫无缘故，我想起你

所有起球的，突然闪耀的

在烂醉的婚礼

和服丧的黑大衣之间

在欢乐如屋顶积雪消散之前

我像个疯子在城中寻觅

友谊和爱的那些日子

以及从皱纹、诗和心的抽搐中

学到的一切

都不足以揭开命运的玄奥。

未来，已经被希望勒索了太久

此刻终于回到黑暗

寂静的源头。

天光微亮，城市在前方雾霭中

慢慢逼近，一个巨大的
盲信的立方体
如同古代墓穴里的棺椁。
阴郁的瞥视：视线突然收窄。
火车穿过长江铁桥
缓行在两堵薄薄的砖墙间。

Coffee Break
——纪念老汉斯[①]（Hans van Dijk，1946—2002）

被套似的黑大衣。
蹑着脚，从斜对门穿过走廊
南京细雨中的贾科梅蒂
鬼祟，有一点孤僻。
初冬的一天，我被邀请去
他的房间——"Coffee Break"
尼古丁熏黄的墙壁
暖气片上烤着湿透的便鞋。
他把散乱的卡片关进铝制饭盒
抖开一片咖啡滤纸。
哦，亲爱的汉斯先生
佝着背，虫子一样虚弱。
为什么我们不聊聊

[①] 老汉斯（Hans van Dijk），中文名戴汉志，荷兰籍策展人、学者和艺术经纪人。1986年来南京学习汉语，不久转向当代艺术研究。2002年病逝于北京。

尼德兰画家，或是阿姆斯特丹
引人遐想的橱窗女郎？
就像他猛吸的许昌牌香烟
那恼人的烟雾总是不自觉飘向
河南，而不是荷兰——
令人厌倦的"Coffee Break"
总是他。请坐，请。
捂着胃，一把小勺在罐头里
掏个不停，似乎测试孤独的深浅。
窗下，人群淌着热汗
涌向沸腾的广场
而他猫在蒸笼一样的房间
没完没了地誊写着
笨拙如新录用的法庭书记员。
随后，艺术家们来了
头发蓬乱，比围墙外游荡的
浓妆女孩更窘迫。
我起身道别，带着年轻的势利
和一个野蛮人受挫的自尊。
哦，亲爱的汉斯先生
瘦成了一片纸，你来得太早
死得更太早。没人知道
你究竟忙了些什么。
二十年过去了。

我在灯光惨白的办公室
偶然读到他的生平
仿佛再次看见他浑身湿透
站在街边,错过了狂欢的晚宴。
哦,老汉斯,你晃荡的
黑大衣下藏着什么
一种在东方发现东方的狂热
还是慈悲,或苦涩的野心?
你的 5000 个名字[①]。
饭盒里的卡片,歪斜的
方块字。阿姆斯特丹的运河
太平静了,所以你跳进了
另一块大陆的激流?
像你在垂死的病榻上
要求把青岛啤酒灌进输液管。
假如逝去的美不能慰藉
我们的苦难,何妨
追寻一次毁灭?
——"Coffee Break"
请告诉我,作为一个荷兰人
一个中国人,或仅仅作为一个人

―――――――
① 5000 个名字:老汉斯生前未能完成的项目,一部计划收录 5000 个中国当代艺术家资料的词典。

意味着什么？也许
你比我更清楚这个国家
正在发生什么：野蛮和勇气
悲伤，但首先是艺术
狂喜的痉挛——不在别处
正是初冬，一间清苦的宿舍。
而你期待的个性解放
并没有带来真正的解放。
这不是艺术的胜利，从来如此。
生活把一面旧旗帜
插上屋顶，像一件付不起
洗衣费而散发怪味的黑大衣。

幕间剧

厌倦了人群又必然
属于他们。某种狂热的盟约
钟面上被扭曲的影子
懒惰与团结
一块裱花蛋糕发馊的甜
以及早高峰的地铁
和窨井边打旋的污水。
挡土墙上无数困倦的面孔浮现
像制服
因缺氧而苍白。
我多么厌倦又依赖这必然。
肩膀的挨蹭,脚的踩踏
厮缠又突然分开的手
攻讦与侵犯
永恒欲望的愚蠢射程。
而人群不断涌来
缓慢,无辜,像挂炉烤鸭。
如何从人群里凿出一个个我?

如同一个无名者

从众多乏味的世纪复活

懊恼着。他的面目模糊不清

他的声音纤弱、含混

被生命探测仪

定位在下水道和鼠须。

谁在呼喊？没有人听见

也不可能被听见。

燃烧的日历上，只有

阴郁的暴君、苍蝇和刺客。

只有引座员的手电

剃刀般擦过头皮。

人，一个侧立的形象。

一根芦苇，帕斯卡尔如是说。

总在不停地编织

游荡，总想去戳破什么。

但，什么是思想呢？

除了黝黑的霓虹闪烁的水面

除了自得的

一根芦苇孤独的摇曳。

站台上，穿瑜伽服的女人

舔着冰激凌甜筒

而冰激凌融化在灯箱上。

一个地铁巡视员

衔着哨子，冲向融化的人群。
而人群如灯箱上的冰激凌
定格在融化的瞬间
仿佛浇了铅。
车厢，灵柩一样静。
只有数不清的手机屏幕
闪烁着，像射电望远镜搜索
新大陆的桅尖——
"不要回应！不要回应！"
霍金尖叫道，转身
掉进了黑洞。
厌倦了人群又不得不逃向人群。
在街边，在写字楼隔间
人群像过冬的牲畜
挤在一起，所有
商人、官员、民工和逃犯
规则之网和釜底游鱼
人人都相信自己
可以侥幸钻过盾构机的
旋转刀片，相信按一个键
未来就会像升降梯
嗖地飞来。诗有何用
如果终将淹没于一个饱嗝
一排重复的巨浪？

那满脸雀斑的姑娘

倦怠地倚着窗

她的心像尖硬的衣领

警惕着弧线和扰乱时刻表的

温情,她的眼睛

漠然如商品使用手册。

而人群叫喊着

继续涌来,我知道自己

必然属于他们。他们的庸碌

微小的梦,军体操似的

广场舞,静谧的

一幅山水画框起的痛苦

和疯人院的活力。

没有别的,别人,别的世界。

两次踏进同一条河流的人

还是同一个。

从荒无人烟的海域

漂来一架波音客机的残骸

而搜索已经停止。

群星不为任何人闪耀

迈着细碎而又沉闷的步子

离开仰望的穹顶。

常德路上

公寓顶层的窗户半敞着:
一帧待修复的旧照。四月的光
那么明亮,没有餍足。
我看见一只灰蛾在门房灯罩上扑闪。
阴郁的隆隆声从街道里升起,
让人想起停运的升降梯。
你微阖着眼,没有留意到一个天使
从露天咖啡座上方飞过,近视,
懵懂,穿着改过的旧旗袍。
人群无声地涌来,
像一部有关人类生活的短片。
两个肩胛骨凸起的少女
踮着脚,跳过垫了砖块的水洼。
但红头阿三在哪里?傲慢的女佣
又在哪里?我抽着烟,
吸进淡淡的霉味和水门汀地面的潮气。
天使撇了撇嘴,悬停在半空,

神情既矜持又别扭。

没错,她曾是时间的宠儿

短暂的,像一次匆促的幽会。

昨晚,当你轻敲老旧的

热水管,同样空洞、凄怆的回声

一股锈水像憎厌的人世喷出。

哦,天使,请告诉我

哑嗓子的电车铃怎样晃动了

沉寂的生活?还有黄昏的天台

对一碟臭豆腐难遏的想念。

而你厌倦所有旧日子的纠缠,

你只是经过,拒绝——

拒绝:多扫兴的词,像家庭舞会上

断折的唱针。其余是矛盾的

相似:一杯热牛奶结起

壳状的膜,你们洁癖似的自负,

和充满戒惧的一瞥。

当你裹着浴巾,走到露台

吹干头发,一阵讥嘲的凉风

扑向晾衣绳上的旗袍。

你生来就多刺,生来就不合群。

此后的孤独使你不断成为她

此后的拒绝,又使你成为另一个。

当黑咖啡变冷,天使消失
当墨镜折射又一个乏味的春天
你,平庸日常的受害人
因一无所爱而爱上了永别。

忧郁的热带

他们来了，披斗篷的匪帮
宽檐帽浸透了油汗，像烧甘蔗的
大火，从鲁尔福的平原
卷过饥饿的村庄。而肆虐的雨
从未停止：那拴在床脚的斗鸡扑腾着
迈着慌张的碎步
已注定了落败。但胜利是什么？
当回声从群山中消散，嗡嗡的群蝇
落在小酒馆黏腻的吧台上。
此刻，从我的窗口望去
雨断续下着。在《百年孤独》里
这雨下了整整四年十一个月。
加西亚·马尔克斯
一只盛装的公鸡，肥厚的蹼
用力拍击着妓院的楼板。
伊莎贝拉·阿连德，他穿裙子的姐妹
跳下马车，去厨房烧煮催情的晚餐。
红色龙卷风翻滚着

像一支探戈不断掀起的裙摆。
博尔赫斯，一头倨傲的
金刚鹦鹉，裹着毛毡在街角打盹
那黯淡的毛毡似乎在泥坑
和血水里浸染过。而弗里达·卡洛
开始啜泣，她徒有多情的裙撑
却不能像雄性一样开屏。
当胡狼嗥叫，兀鹫在天花板上盘旋
海明威掐灭雪茄
用脚趾扣下了双筒猎枪的扳机。
这不朽的群像比列维-斯特劳斯描绘的
落日更壮阔。这不是
浓烈的艺术，而是热得癫狂的人生。
哦，你们的龙舌兰酒太烈了
喝下去这颗心就着了火
就是那团火，古巴少女在汗津津的腿上
搓制雪茄的那团火
高乔人煮沸马黛茶的那团火
使恶棍们的刀子卷刃
使白铁皮屋顶变成一张受虐的吊床
而我将如何去描绘生活？
当我第一次读到《百年孤独》
隔着蚊帐，舍友正绘声绘色讲述
去乡下偷狗的故事。

酷热的天台上,女孩们的呻吟
和迪斯科舞曲轮番轰鸣。
而楼道里,联防队的手电晃荡着
像捕食的雨蛙伸长了舌头。
哦,毛茸茸的
肉欲的热,汗湿的鸽笼。
文学,要么是一座暴动的监狱
要么什么都不是——我们兴奋地聊着
并排走过阒无人迹的大街。
群星在悬垂的天幕上
白磷似的闪耀。空气热烘烘的
搅拌着垃圾腐烂的恶臭
和栀子花的浓香。
我还记得,爱的炽烈火焰
如何点燃灯柱,使夏天的广场沸腾。
但此刻,只有稀疏的
雨,在革命和死藤水之间
穿过病恹恹的日常。只有孤独
在窗下无声地咆哮
胆怯,似乎依然渴望着什么。
那时我爱得多么热烈。
热烈即忧伤。

一寸免冠照

那么小，毛茸茸的兔子脑袋
耳朵像性器一样倦怠。
那么多一寸免冠照，密集如一张蚕纸。
那个面黄肌瘦、害蛔虫的课代表
正在投行电梯里发胖。
那个爱打小报告的鼻涕虫
如今他充了气的檄文频繁袭来
像邻居装修的电锤。
还有那个徒步穿过北美沙漠的
皈依者。那只抖颤着
举起法槌的手，端起酒杯时
恢复了稳定。那双亮眼睛还没有
被额角凶狠的刀疤破坏
再次逼视我，从老城陋巷
一间放高利贷的赌档。
而那个唱歌的女孩很快会死去。
她正在死去，微抿着嘴
仿佛预知并坦然接受了命运的安排。
但多数人的脸模糊

如午夜一列穿过平原的绿皮车。
他们是否曾感到忧惧,在煎鸡蛋
或煮冬瓜汤的厨房里
是否有过迷惘?当他们
把脸埋进晾衣绳带奶味的阳光
是否会想起排着队
走进照相馆的那个夏天?
聚光灯下,每个人被要求挺胸
双手平放于膝盖
仿佛为规训的生活定妆。
这些留底的样片徒有清晰的折痕
却找不到灵魂的暗褶和阴影
直到一只看不见的手
助产士一样,在上面又拧又拍
变得松弛,更小,更有趣。
现在,每张稚气的脸
都有了一个大同小异的故事:
琐碎的悲喜,施暴或滴血
易逝的爱和不朽的亲吻
震惊于古老的时间
以及难以平息的从心到躯干的
集体叛乱——那可怖的逼真
没有化妆术,没有美颜
呆板如一捆廉价的印花墙纸
带着命运裁切过的,破损的毛边。

半完成的裸女
——给毛焰

臂肘交叉，两只手抱着
微耸的肩膀，似乎想绷紧渐渐
松懈的姿势。她的胖下巴像搁进了
食品柜，带着稍许犹疑和遗憾
突然泄了气。一只沉甸甸的乳房
被拢紧的胳膊挤了出来，
如同悬坠的光沉入窗外的微茫
——试图藏起自身，并宣布
灵魂不存在于任何表面。因为
生命庞大，很难找到和它相称的
就算有也必定是旧的，
羞愧的，像耗损的激情之于
床单上的褶皱。那里，
热烘烘的屁股构成一个稳定的基座。
她半伸展的右腿呈灰白色，
小山似的，壮阔如工作日早晨的
高铁站；她的左腿曲如肥鹅，

圆胖的脚踝在毯子下
拱起一颗镇纸用的大理石蛋。
她石蜡做的皮肤冷却在微冷的
空气里。她漠然的眼神
掠过观看者的头皮，
仿佛他们发旋里藏着同样的流逝
同样孤寂，同样迷人的悖谬。
多，是悲哀的。那对美的贪婪
溢出她身体，又像煮沸的水
因炽烈而缩减。不管怎么说，
她愿意待在这样的躯壳里，
任性，活跃，不甘于精确的完美
却比别的任何想法更诚实。
这是她又不是她；这是她的自我
分娩成两个：一个她面带戒备
拘禁在发僵的姿势里；
一个她屏息着，感到有种带刺的
呼喊想从反面猛戳她的平静。
画室里，无数人来了又去
那嗡嗡的瞥视穿透她
仿佛来参观一个空无的环形剧场。
而她想退入雾化的布景，
那里更妙，更幽密。一张倚靠的
铁架床，一个偎着角落的矮柜，

比她更依赖浓重的阴影。
充沛、清澈的光透入窗户
从颤动的手腕流过每寸肌肤，
并将她整个浸入毛茸茸的辉光里。
在凝视中，她是不动的飞矢，
视网膜上暂留的幻影，
在流光里，微妙，难以捕捉，
习惯跟缓慢的笔触作对。
画家托着腮，苦恼于她平常的
身体胶片般易于感光
又像画布上突然打翻的甲烷
他的刮擦越急切，走漏的嘶嘶声
就越强烈。现在他跳下升降机
一枚放大镜转出魔怔的旋涡
使他的审视变成了远眺，
逼近变成了后退。现在怎么办
假如她尚未成为自己就已经倦怠？
假如她始终摆动在姿势
和流动的阴影之间
像照片没等冲印就已经变旧？
他必须像灵敏的调音师
在数百根钢丝上调校精确的平衡：
一厘米或两厘米，当他尝试
修改她额头突兀的高光

从她的脖颈到胯骨，每块肌肉
都随之颤动起来，仿佛她的
脊椎里藏着一根抽绳。
现在，他需要调制更多的阴影，
需要更持续的工作，直到
画布还原最初的空无，
像波浪缓慢地叠合，归还
一面镜子。而变化了的光线
依然纯净，充沛，像灵魂。

谈论死亡

谈论死亡就是谈论生活
就是谈论神秘、永恒，
谢幕时优雅的鞠躬。谈论死亡
就是谈论他人。然后是视而不见。
然后不再谈论。有时，我们
谈及某人，他死在漆黑的游泳馆。
然后重复死于电话和讣告。
然后是继续飞来的印刷信函，
停尸间的苍蝇。他卡在死
和彻底死之间，像断在锁眼的钥匙。
然后是抽泣，追思，本该啐进
溢水槽的唾沫，然后是遗像
和落灰，氯气弥漫的周年。
然后是一阵想要遗忘的自语，
像信风吹过待售的空房间。
然后是一列驶向山谷的火车
带来回声。他被书中的附注唤醒，
然后继续他的旅程。现在

轮到这首诗，在这一行逗留的
眼睛。他苦恼于自己的死
像医学院学生苦恼于无休止的
尸体解剖，或者瞌睡的夜班工人
每隔半小时扳动的道岔。
在那条等着起锚的船上，疲惫，
衰老，心神不宁，如同掌声和
唿哨里，不得不一次次返场的演员。
他优雅的姿态已经僵硬。现在
就连第一排观众都能听见他
低低的叹息：放开我，让我走吧。

亲爱的桑丘

我不是那个手执破矛的
疯老头,我的朋友。但我同样痴迷
漫无边际的奇遇;我和隐形的巨人作战
有时颓丧,更多的是狂热。

要是从头再来,我宁愿是你,
愚笨,快活,有一切坏毛病和一副好心肠。
我还愿意拿胯下的良驹换你的卢西奥,
拿酒菜换这副苦行僧的愁容。

喏,你知道,我并不像
人们形容的那么顽固,只是月台上
气喘吁吁,没搭上车的男人。
我早就受够了,却不甘心躺在床上发臭。

我的杜尔西内娅,
那个热衷社会改革,在坦克上
慷慨陈词的美人儿,如今

成了围着炖锅和化妆盒打转的俗妇。

那个乡村理发师的儿子,
出了名的机灵鬼,他靠阿谀和酒糟鼻
赢来的犒赏,已经数倍于邋遢的镜子里
父亲用剃刀和肥皂积攒的一生。

哦,如今回想他们毛茸茸的脸
难免可笑,他们沸腾的热血既幼稚又盲目,
像是铁了心,要跟三十年后的自己开战
——但那时他们多么美,那么美!

我看见摇椅和愁思的小雨里,
他们悄悄卷起白旗,开始筹划晚年:
佛经,钓鱼竿,法帖和养生术
脸藏进布道的白雾,把可怜的虚名变现。

而你低着头,无精打采
拖在散乱的队列最后面,仿佛
懊恼自己的白日梦像白发一样稀疏。
我看见你走得越慢,茫然的脚就越沉重。

我的老伙计,光荣就是我们
在臭烘烘的马厩消磨的那些夜晚,

是策马冲向无尽的天边,
也是歇脚的客栈里捉弄人的哄堂大笑。

当冒牌货的雕像充斥广场,
我更爱游荡的生活而非骑士的名号。
无论多么背运,我相信还有一次冲锋,
一场毕生等待的决斗。

我,堂吉诃德,
以这面破烂的旗帜为誓,
绝不会听任崇高成为一出闹剧,
听任纯净的血沾染屠夫肉案的油腻。

抛下褡裢里无用的破烂吧,
亲爱的桑丘。让我们喝光头盔里的淡酒,
擦亮生锈的矛尖。让我们这就上路,
像两粒满不在乎的骰子,

骄傲,始终有棱角
滚过所有惊呼、咒骂和狂喜——
至少,你要远远看我如何一头栽下
驽马辛难得,成为一个寻常的失败者。

漫长的写作

曙色初现的黎明
他离开电脑，在顶楼公寓
跌跌撞撞。洗漱。爬上
邋遢的单人床。
一只手遮挡着额头
他梦见大火、梳头的女人
和一对咆哮的石狮子。
梦比一个熨帖的词更难驯服
一块裁缝店学徒熨不平的绸料。
而太阳在窗外闪烁
像嘲讽的假牙
嵌入粗犷的生活之喉。
透过百叶窗的缝隙
传来街边小贩们的吆喝声
一辆救火车呼啸着划破午后。
他抱怨着醒来
枕套和秃顶泛着油光。
疲倦，沮丧，仿佛套着救生衣

在大海里游泳，徒然经历了
机遇的潮汛
却什么都没有留下。
他揉着眼睛，走到阳台上。
几只出来觅食的蝙蝠
汇入了黑压压的下班的人流。
哦，热腾腾的生活。
他笨拙的写作
如何惟妙惟肖地模仿那颤音
那日常烟火的熏烤
那稀薄的，若有若无的爱？
——到人间去！高尔基告诫
初出茅庐的巴别尔。而赫伯特
撕掉作家证，"径直
去了底层"。是否修车铺的
板凳才是最佳工位？
而卤菜店油腻腻的小窗
无疑比天文台的穹顶更壮阔。
房间已经暗得
要点灯了。冰箱里
有啤酒和剩饭，餐桌上摊放着
快散架的《卡夫卡日记》。
是的，他喃喃自语道
是的足够了。直到不惑之年

他还是一个学徒。
如今他熟悉这门古老的手艺
所有暗褶、工序和窍门。
但一切为时已晚。
工头的呵斥在他头上盘旋
布料堆积如山,而他迟疑地
磨洋工,做完了一点点
一件皱巴巴的成衣
甚至没有熨烫。
他已经习惯不再去细数
自己错过了什么,某些明显
被忽略的拐角、分岔
某种可能不同的命运——
由于无害的懒散、任性或平庸。
当抱负变成墙角漏雨的霉斑
他知道,写作
无非是重复巨匠们
洞若观火的灼见,无非是
在茫茫大海上,追随远处桅尖
微弱的光亮。但总有人
要接过这远逝的光荣
像举着火把的圣火传递者
或者,像再贫瘠的地
总要有人去种。

是的，他选择了一条
晦暗的乏人问津的小路。
他在房间里发胖
圈椅是他一跃而起的战壕。

夜奔

梳妆镜里
暧昧的白光一闪——
她走来,甩着湿头发
洗旧的丝质睡衣
半敞着,看着药片似的月亮。

窗下,一团雾
粉扑似的从窄街里升起。
她咬着发卡,臂肘抵着窗台
仿佛甩出的水袖
在镁光灯的烟雾里定格。

她怔怔的,双手
绕过脖颈,绾了一个髻。
月光皎洁如一袭踏雪的斗篷
照着防盗窗的格栅:
一张被尼古丁熏黄的三联画。

一个漆黑的浪
蓦然涌起,微小,不经意。
偶尔,她会用伴奏带吊嗓子
慵懒的身体仿佛
过了电,追着看不见的花轿。

录音机里的旧磁带
缓慢转动。木偶似的轿中人
沉默,枯萎,甚至一颗
翻涌的恨嫁的心。
她抱着肩,一截明灭的烟头

划出起伏的波浪线。
窗前的白炽灯彻夜亮着
像一束追光——
只要在那里,嘴唇上的苦涩
就不是她的。

她右手摇着
纺车,左手挥着绣帕。
她是七仙女,也是杜丽娘
梦见题诗的折扇
依然一片空白。

留言墙

关于他的死
他清澈,宛如少年的嗓音
二十岁在开往下关的有轨电车上
遭遇的绝望,他骄傲的抱负
和关于生之渺小的发言
他如何去湖上划船
而昏昏欲睡的湖面突然闪耀
如一支军乐队的长号。
关于他的生平,三五个
大同小异的版本
虚构或传说,他冷酷的背影
曾使一些少女神魂颠倒。
如今,关于他的追忆
形成了一道昏昏欲睡的留言墙
甚至,奚落者的悼词
也变得格外慷慨和仁慈
仿佛向死神行贿。
只有一个匿名、古怪的女学生

刻薄地谈及一桩小事：
在城南某条小街上
结束了一番乏味的调情
他试图跟她做爱
却怎么都硬不起来。
如同一只生了锈的涂鸦罐
突然喷出秽语，这无法证伪的
尴尬和隐痛，伴随着
一阵恶作剧的狂笑
（啊，这笑也有他一份）
使他归于混沌的形象再次鲜活。
他被一具年轻的肉体
拒之门外，恰似
我们隔着深渊下的微光
沮丧地叩问关于死亡的秘密。

苦役

搓着脸

走进堆满脏盘子的厨房

饿坏了的猫在脚边蹭来蹭去。

数小时僵持

啃指甲,若有所思

直到出神的白墙

变成一面倒拖的溃败的白旗。

如今,就连短暂的兴奋

都成了奢求

只剩下雾一样的怀疑

消极的耐心,如同月台上

一个出走的男人

张望着,拎着发皱的旅行袋

拿不定主意该上车

还是转身朝脑门来上一拳。

哦,写作

就是抓住这迟疑的一秒

这出错的，不在时间中的一秒。

而探头探脑的侦探

尾随而至，紧张

如一艘拖曳声纳的间谍船

反复扫描幽暗的小窗。

那里，一只灰椋鸟

正在晾衣绳压弯的树枝上

开始练声，清澈

单调，像婚姻一样古老。

单调超越爱欲

所以爱玛·包法利死去。

而男人最终离开渴求的情妇

回到家中，胡髭拉碴

他想要抓住的一秒

比一支事后烟消散得更快。

我打着哈欠

站在雾蒙蒙的窗前

怔怔看着对面浮现的陌生人。

仿佛一次轻率的出走

就足以耗尽余生。

数小时，对静默的雷达太长了

对永恒太长了。

而生活，是否真的

可以草草塞进一只旅行袋？
鸟鸣，在寥落的早晨格外嘹亮
似乎侦测到虚无
正从蜷伏的角落发起突袭。

呕吐袋之歌

窗外,冰冷的雨
在窨井上打旋,在一次哀悼
和新年之间。猫懒散地
回到房子深处。
我合上《呕吐袋之歌》
略带嘲弄的书名,外外的遗物
如同楼顶上失事的滑翔机
他喜欢火车和音乐
所有明快的
轻而短促的事物
像烟,熏黄了他的缺牙。

此刻,雨无声地
落在丹凤街,仿佛女孩们
哭泣时弄脏的睫毛膏。
我在湿冷的被褥里喝着残茶
拒绝被葬礼
和哀怜的水仙催眠。

日常越贫瘠，细节越繁芜
如沙漠植物的根系
在记忆深处撑开巨大的伞盖
而雨从街角蹒跚而来
每一滴都灌了铅。

死亡比剥下的蒜皮
更干燥。云上一轮新月
噘着嘴，等待治愈。
火车进站，一台哐哐的电梯
降到塔楼底层。
眼泡浮肿的旅行者赤裸着
朝盥洗镜扮了个鬼脸
预感到有一天
岁月的蜘蛛会爬上自己额头。
啊，快乐之所在
生活之所在！反之亦然。
当音乐在旧胶鞋
和冰淇淋融化的地板上汩流
他的手抽搐似的
抖得像亨德里克斯①。

---

① 吉米·亨德里克斯：美国歌手，摇滚音乐史上最伟大的电吉他演奏者。

在恐惧中，我们

悲哀地活着，更好地活着。

在断续的、比将临的

老年更加乏味的小雨里。

唯有死者可以安慰

在空旷的剧场出演主角

使生命温暖。火车重新启动

带着铿铿的鼓点

和记忆燃烧的

硫黄味，跟电吉他竞速。

我在死亡的一侧写作

咽下涌到喉头的

淡酒和平常悲剧的苦涩

不期待回声。

街心公园

在街上浑身发颤地

走了一小时，仍没有

暖和起来。

我站在一棵树下，舔着

发干的嘴。不远处，两个孩子

在跷跷板上蹦跳

"嗨嗨"乱喊着什么。

他们用尽了办法

还是不能把另一头的妈妈升起来

——她很胖，

套着臃肿、难看的棉衣。

她正开怀大笑，

快活，放肆，一刻不停地。

就这样，我站了很久……

人的悲喜并不相通

在凛冬，各自命运的深坑里。

也许，那个简短的电话

并无必要

——只是为了让你

听一听这个愁闷冬天的笑声。

一排浪

我离开蚊蚋乱飞的草丛
光着脚走到海滩。天气酷热
稀疏的星在海上
闪着微光。我看见
两个赶海的人提着风灯
出没在礁石间。
午餐时,你从那里捡来几个螺壳
灰白色的,小得可怜的残骸
搁在吃剩的餐盘里。
我抽着烟,看见岬角上的餐厅
熄灭了廊灯。大海在涨潮
一堵巨大的黑墙
咆哮着,突然加速奔来
崩裂成飞沫。海滩
像煮沸的奶锅咝咝响——
并非那狂暴,而是这微弱的
昼夜不息的回声
折磨人的耳蜗。整天

你披着浴衣，在旅馆里走动
对着湿漉漉的镜子打电话。
斜乜着眼，在我脸上
停留片刻，仿佛若有所思
随即转向窗外。
那里，平滑如镜的大海
蒸腾着，玻璃般易碎。
我想起傍晚散步时遇见的
那只壁虎，在门楣上
惊惶地瞪视。它很快逃走了
带着一个女人
打算离开时的那种眼神。
没有哪种爱能免于
苦涩或厌倦，我们只是错误地
飞了一千公里，直到被炎热
耗尽了所有的耐心。
我抖落沙子，拎着鞋走回房间。
你已沉沉睡去，松软的床
随你的呼吸微微震颤
带着潮气和退潮的腐蚀味
像令人晕眩的一排浪。
清晰如一排浪，缓慢又绝对。

被遗弃的大厅

是的,生活
我们以为的和它所是的。
总有人既渴望它又蔑视它
只有缺席是完美的。
这是三月,松树的矛戟闪着微光
一只易怒的猫
从军营围墙的缺口向外瞪视。
小卖部的电视声里
鞑靼骑兵的马刀突然劈来。
是的,生活,我之所爱。
但没有一种爱长过
连绵的群山,但连绵多么令人绝望。
只有清澈的痛苦
只有清澈可以和深度相匹配。
而总有突如其来的激情需要正名
总有人选择用恨
代替爱。但深度太苦涩了。
为什么我们不能

待在窄窄、微冷的表面？
表面是轻盈的，只要它足够轻
轻过树下恼人的飞絮。
总有人带着狂跳的闹钟跑过群山
从此再也不能忍受
刻度的乏味。
乌鸦在松枝上跳跃
对于减肥慢跑者，这太难了
把痛苦变成可痊愈的舒缓的滋养太难了
——跳跃！不停顿的跳跃
在这一秒和下一秒战栗的深渊上
直到夜晚来临
分期付款的单身公寓
和窄窄的丝绸睡衣变暗的光泽。
男人出门寻乐，而主妇们敷上面膜
靠恐吓镜子泄愤。
不，我说的不是生活
它在空地上搭起的
马戏团圆屋顶
它喂养的侏儒们跳着舞
夸饰又炫耀。总有人苦于内心
狂吠的影子，像阿拉斯加狗拉雪橇
拉着饿得眼睛发绿的
极地探险家。

不，生活不是奇遇
灵魂是。但离开了肉体
灵魂又有何用？
我爱一个少女爱做梦的眼睛
胜过爱她的平胸和梦。
这是我的限定：雨中一把撑开的伞
它太小了，甚至容不下两个人。
我的自我是一副拳击手套
带着消毒剂和锈味
爱跟影子较劲。
而一个人想要跟生活达成和解
首先要跟自己和解。
他苦恼于无法
把生活转化为一首轻逸的诗。
因为生活，有时一句粗话就足够了。
是的，无处可诉。
只有蜇人的风在窗缝嘶响
在所有阴郁、寒气逼人的时刻
像瓦斯泄露。
一个人因为不爱人类
于是把目光转向遥远的群山。
哦，戴了白帽的群山
喘不过气的群山。
生活，在渴望中总是别人的。

太多人由于狡诈或冷漠

免于雪崩般的重击。

太多人拒不进入静寂的烈焰。

太多人像水母在街上游荡

美丽，有毒。

衣帽间空虚的镜子

等着一张松弛、纵欲的脸。

露天咖啡座上

沾满口红的杯子等着续满。

而穿轮滑鞋的少女轻盈地滑过。

为什么我们不能搭乘

马戏团的敞篷车

兴高采烈如春游的小学生？

为什么我们不能像乌鸦

漆黑，不祥，旁若无人地跳跃？

人，太渺小了。

一簇的火苗

抖颤在昏暗的石头宫殿里。

权力？一头食蚁兽。

见鬼去吧！历史更靠不住

太多乏味的相似

狭窄如暗礁间的航道

讥讽如呼救，而救生圈瘪了气。

期待总是被滥用

失败者因为愚蠢的热血
而随便死去。哦,何等剧痛!
在剧院里,因为没带纸巾
人们拒绝流泪。
当摇晃的醉汉们猛踹
消防栓,想浇灭烧灼的心火
一对恋人正在街头道别
拖延着,直到
水泥候车亭变成一座纪念碑。
是的,即使两手空空
一个人还可以
拥抱空无。而他的心
会逐渐扩大成回声的洞穴。
一阵渴望的风将从那里出发
去翻越连绵的群山。
但总有某只嗡响的熨斗
会把群山熨成一张暗淡的照片。
是的我累了,这就要回家。
我只是假释犯
在长条桌边等着开饭的哨音。
是的,是的,生活
该死的。

黑水河

穿过积水微漾的后街
荧光灯把黑水河边的水泥房
刷成了粉红色。
冲凉后,他被带进卡间
狭小如三合板隔出的鸡笼。
虚掩的门外
有人迈着小碎步
走过他发紧的喉咙。
漆黑的雨落在黑水河里
也落在城市
另一边的旧公寓楼。
此刻,在他离开的房间
邻居家的肥皂剧
棚屋里带哭腔的嘶吼
和临街大排档上横飞的酒瓶
以及无数失眠夜
汇成了一股浑浊的水流

淹没了维持数年的
婚姻生活的痕迹。
他在辨不清颜色的沙发床上
躺下。一台壁挂电扇
搅起带汗味的热风。
随后,女人来了。
端着塑料盆,东北口音的
普通话,倦容和黑眼圈
甚至有点羞涩。
当她低头解开胸罩的搭扣
他有些生硬地欠起身。
不,他想要点别的
他不确定。也许,一个拥抱
……她笑了。她的手
粗糙而硬,摩挲他的头发
把他引向淌汗的乳房。
几乎不像假的
当后来他们并排躺着抽烟
几乎可以感觉到一点爱。
他站在莲蓬头下
一遍遍洗着。
现在,一切都扯平了。
所有背叛,谎言和伤害

奄奄一息的家。
温热又混浊的水流窒息般
环抱着他。

胖灵魂

脂肪只是他的外套。
在累赘、堆叠的最深处
忧伤如养鸡场潮湿的纸板箱
那里，一群刚孵出的鸡雏
啾啾着，孱弱又烦乱
像一个戛然而止的
飞行之梦。可谁关心呢？
他的梦，他令人揪心的细腿
系上了该死的铅垂线。
纯粹是出于自卑
或心脏一阵愚蠢的抽搐
他越忧伤就吃得越多
所以更忧伤。
从占用的空间看
他比任何人离现实更近
也更兴味索然。额头冒着汗
一头扎进油腻的厨房
每个发亮的毛孔

都朝堆积如山的食物绽开。
哦，那些海量的
悲伤的填充物，仿佛
他的胃是一座回声的机库。
又如此软乎乎
肥嘟嘟，如此温驯
苦恼于遗传或古老的家训。
每当他想稍稍振作一下
脚下就有什么
反刍似的，拼命往回拽。
血管里迟钝的油
使他绝缘于一切细微的
过于激烈的。
浴缸才是他的至爱
在温水懒洋洋的按摩下
惊讶于浮力和脂肪的轻盈。
人们常常责备他
愚蠢，麻木，品位糟糕
其实那也意味着
他的忧伤多少还有点用处。

永恒的街角

从街角转过来,
微笑着,小胸脯下意识地挺高。
两个叼烟卷的男孩
蹲在墙根,冲她吹口哨。

……那么陌生,
我的新女友,稚嫩,漂亮
——但依然是街上无数女人中的一个。

为什么她不是唯一的那个?
为什么她不可能成为永恒的复数
——为什么她不是你?

我用力揪着鼻子……
唉,这明白无误的街角多么冷酷
——我爱你,我不爱她。
但我对自己说:我听不见!

不爱，不那么爱——

这是对的：

这样可以长久，这样可以活下去。

太平山上

观光缆车驶向山顶。沿着颠簸的仰角,
一架波音客机滑出赤鱲角机场,
树蛙似的跳向天空。一座城市在机翼下
陡然倾斜,铺开错幻的航图。
我想起斯德哥尔摩市政厅天花板上倒扣的船骨,
以及克里斯托弗·诺兰电影里
诡异的超现实街景。
如何确定这分钟的恍惚,
仅仅是一种离开大陆的短暂的飘浮感,
一种滑稽的前殖民地想象?光滑的桌面上,
陀螺飞旋着,为梦境精确分层。
一杯咖啡递入放大一万倍的混凝土蜂巢。
一个男人掐着太阳穴,在亮如白昼的写字间
等着欧洲或北美的电讯,
被时差拉抻成一根嚓嚓的秒针。
一个出租车司机想跟三个沉默的乘客闲聊,
他在后视镜里分别试了三次,粤语、英文和普通话。
一位人类学家试图演示密如蛛网的航线,

揪着衣领,仿佛原始部落的祭祀。
而东张西望的游客
借助橱窗的反光,看见自己悠闲地抖着腿,
如同那个细雨蒙蒙的初冬的早晨,
圆胖的港督先生坐在起居室的摇椅里,
环顾这座即将失去的城市,
突然感到远处闪亮的海湾变得像玻璃一样坚硬,
感到有一片袅袅的白雾在山谷
不停聚合,蒸腾,飘向中环和尖沙咀
人声鼎沸的茶餐厅。
他有一种如释重负的轻愁。
但陀螺说,这仅仅是梦境的第一层。
我们还没有资格谈论香港,如果没有在高处
俯瞰它的全景,像一个人需要时不时地飘离自己,
像维多利亚港上空翱翔的海鸥
盘旋着,盘旋着,突然朝摩天楼俯冲,
变成一个消失在未来的点,一个无限的对数。
拥挤的小山上,一个摄影师逐帧回看着
数码相机的快照:有点呆板,
缺乏生气,被无处不在的亮光刷了釉。
他不清楚究竟哪里出了问题,构图没有瑕疵,
光线堪称完美。他尽其所能摄入了一切,
那些尖顶,平顶,乐高玩具似的
玻璃立方体,那些簇状的不规则水晶。

他并不知道自己摄入的一切

是由微小的,可以无限切割的空间构成的。

不知道云朵也是驶离码头的邮轮。

不知道露天咖啡座一只冒着热气的杯子,

装着这座城市的想象与班车。

是的,我们现在看见的

还不是香港。我们还需要足够的耐心,

比一根嚓嚓的秒针更多的耐心,

直到黑暗笼罩群山,

满城灯火从远眺的窗口亮起来

——就像有一根神奇的指挥棒猛然向上挥,

沿着那完美的仰角,周而复始的海浪

如同一支庞大的交响乐团

使每条大街的踏板和琴弓发出轰响,

喧腾如星期六下午的跑马场。

我们目不转睛,看着这座光彩熠熠的城市,

像端详有关命运的包罗万象的星盘。

在一个看不见的轴上,

它转呀转,像旅馆的自动旋转门,

像陀螺,没完没了。这真的太让人焦虑了。

郊外

清晨，他们
去那座绿树掩映的旅馆。
她乘火车；
他步行。
在两扇敞开的窗页间，
他们舞蹈着拥抱。
他们做爱。
整夜，布谷鸟在远处的灌木丛里伴奏。

第二天，
山丘变得更加柔和。
蠓虫成群结队，
绕着小路尽头的山核桃树飞旋。
蓬勃的艾草和她雪白的足踝
在暮色中闪耀。
空气薄荷似的清凉。
他们拉着手，轻笑着，偶尔说点什么。

现在，他们疲惫地离开，

一声不吭的，带着交换过的身体。

他乘火车；

她步行。

凌乱不堪的房间里，

一个洗衣工

来收他们睡过的床单——

记忆的猎犬将借此嗅出他们的体味，

开始漫长的追捕。

珊瑚

头盖骨的形状
灰白如鬓角新冒出的白发。
如此平凡,粗糙
除了表面冰霜般的纹理
似乎每个细小的褶皱都凝固了雪。

又仿佛海上漂浮的蜂巢
只有沉溺其中,死才是甜蜜的。
像隐秘的,不能说出的爱
沉入冰冷的海床。
或者初夏,一个缓慢绽放的微笑。

有些生命顽强如珊瑚
美丽,肃穆,在心的凹坑里。
我托着它,像托着
上古神话中分开大海的
避水珠。我托着命运的全部荒凉。

女同学

我梦见你的维多利亚客厅,
因为一次偶然到访变得稍稍凌乱。
梦见你嘲弄的嘴角像一个惩罚,
证明美比记忆更残忍。

三十年前你短发,喜欢代数
和排球,微驼着背,藏起小乳房。
我在自习课偷画过你的侧影,
像儿时临摹的青年圣母像。

我们从没有单独说过话,
在那所野心勃勃的高中,后来
也没有联系;除了毕业前的傍晚,
那条僻静的通向寄宿生宿舍的

碎石路,你蹬着车把我别倒
在狼狈的灌木丛。青草蓬勃的气味
不知所措地弥漫着,一只空饭盒

在远去的车篓里哐当乱响。

如今在遥远的异国,你结婚。
生子。开始发胖。人生无非如此。
我甚至不知道,这算不算错过,
因为骄傲、迟疑或者可笑的命运。

但梦里我浑身烟臭,跟当年一样
笨拙,土头土脑。而你丈夫皱着眉,
在餐桌上谈及徒步旅行和环保,
你儿子在我怀里乱爬,蜷缩着睡去。

我留意到你舀汤的手,肘部内侧
虫咬的红斑,就像旧照片上的印渍。
一切都像真的——如果你同意,
它就真实地发生过。

生活开始忙于归还和清偿。
青草依然在每个夏天的黄昏闪耀。
自行车颠簸着,驶过一个偶然
午睡时一个无稽的乱梦。

一切都完美。你不必再出现,
我们不必再见面。

野猫

慵倦地趴在树下,甚至
懒得抬起眼皮,如此倨傲,威严

我丢掉扫把,退回卧室。
那一刻,对小动物的恐惧

被量化了:一只母猫
柔弱的心跳,毛绒闪电的烧灼。

仅仅一个回合,难以启齿的
老鼠本能就让我承认

院子是它的地盘。我看着它
在树荫里打滚,酣睡,爪子遮着脸

直到夏天被太阳烤得发糕般
松软。而我不得不端着洗衣盆

偷窥似的凑近窗户——
哦,它不在。绷紧的皮肤顿时

瘪了下来。我不再耙落叶
或是拾掇楼上邻居乱抛的杂物

但它似乎从不领情。
要么,半个月不见踪影。

要么,整夜在窗户边转悠
落叶窸窣的碎响使我一次次惊醒

以为小偷光顾。一天傍晚
我去杂物间取电钻

它蹑手蹑脚爬来,前爪
胆怯地搭上台阶,喵喵轻唤着

像失身的少女离开门洞
或酸涩的灌木丛,慢腾腾走回家

带着阴郁的柔情和
几乎垂到地面的鼓胀的腹部。

我能鼓起的全部勇气
不过是从水槽抽出一只脏盘子

倒些剩饭，悄悄搁到花坛上。
我从没见过它的儿女，不是扔了

就是藏在了别处。这说明
两个形单影只的造物因为孤单

而不可能成为朋友。除了
那只盘子，作为我们生活的证据

每天都被舔得精光。
另一个雾气弥漫的早晨

我瞥见这破衣烂衫的
小巫婆和邂逅的黑奸夫追逐戏闹

滑倒在厨房结霜的窗台上。
噢，竟然找了这么个丑东西！

我有些不快地爬上床
似乎自尊遭遇了可笑的贬抑。

晚上,它又来了。
在雨篷下,厌烦地叫个不停。

我抓起空酒瓶扔出去——
它尖叫,仓皇蹿过围墙。

不久寒流南下,冰冷的
雨接连不断地下了半个月。

我心不在焉地看着
愈加空旷的院子,大团的雪

仿佛被扯碎的云朵
从晦暗的天幕蓦地抛洒下来。

我看见更大更白的一团
蹲在树枝压低的杂物间屋顶上

一只前爪好奇地向上抬起
仿佛要接住一朵雪。

它突然扭头,龇着牙
瞪视中含着惧色,缓缓翻过屋脊

——我差点以为是另一只
身形奇异地缩小了,似乎害着病

背脊耸着,瘦如弓鞘。
半夜,我趿着鞋去厕所撒尿。

冷嗖嗖的过道尽头
传来两声"喵喵"的轻叫

虚弱,胆怯,似乎就在门边。
我犹豫地探出头:只有潮湿的雪

飘过门洞。我哆嗦着
钻回被窝——又是两声轻唤

像水箱注满时短促的抽噎
这次更惊惶,更微弱。

我跳下床,怀疑耳朵出了问题:
湿漉漉的窗外,枇杷树摇着午夜

黑如一张胸透片。
天这么冷,冰箱是空的。

但我又能做什么呢？除了
反复开灯，关灯。寻常的生和死

如此难捱，如此令人厌倦。
将近中午我惊醒，光脚冲进院子

——它在那里！在树下
入冬前我用纸板和旧衣搭的窠里

蜷成一团，打着呼噜。
我瑟瑟站着，看着耀眼的雪

眼睛里轻微的灼痛，仿佛
一个紧紧的，肋骨发疼的拥抱。

启示

> 我的痛苦你不会了解
>
> ——戴安·阿勃斯[1]

小妞,你叼着的烟灭了。
一个冒充老手的雏,你绞成一团的
衣摆泄了底。

太多的妙人儿,太多的平面。
肮脏的人行道,傲慢的侏儒们的
狂欢节。

何不让我们来乐一乐?
你表情茫然,像人类学教程。
你的内衣有溴化银和道德的气味。

但这里不是纽约。公园里

---

[1] 戴安·阿勃斯(1923—1971):美国纪实摄影家。

总有太多秃子,良家妇女总有
太多赘肉。

但我 40 岁了,还没有发疯。
我连做一个伟大的失败者都不够格。
我连哭都不会了。

我躲开一切不祥之物
像背过脸,躲避熟人的流浪汉
一头撞碎了玻璃——

邪恶,诡异,像被粗暴地
塞进下水道又拽出来,这丑八怪
这反常的活物。

我是戴安·阿勃斯
也是荒野里那个戴面具的男人:
我灰色、扁平的灵魂。

一分钟沉思

我辜负了一些善意
一些爱,也被另一些辜负。

我有太多时间用来
和至亲厮缠,和自己撕咬。

我的梦充盈如一只哺育的乳房。

我迷恋澄澈,因为
它始终在召唤游移的阴影。

我的疯狂从未溢出想象。

我有顺民的胆怯
和一个饕餮之徒老练的眼光。

堕落,如果它的美足够销魂。

但我羞于称自己为诗人
因为这和我渴望的生活并不相称。

我的回忆多半源自懊悔:
那些琐碎的,偶然的……

无穷无尽的时间里
我,和我的过失微不足道。

而轻率的诺言已成为我的判决。

伤心曲

每一桩恋情都有属于自己的
伤心曲。每一桩恋情
有的疾如狂风,有的颤若微火
像公厕里尿不出的老家伙
闭上眼,无奈地抖着。
每一桩恋情都像
新割的韭菜,那腰斩的激情
滋养着下一茬——
不会更新,只是在重复,重复。
就像缅甸靠近中国边境的
乡村赌场里
一个输光了所有筹码
却不肯离开的赌徒
空口袋翻出,如干瘪的阴囊
涨红了脸,只是坐在那里。

快餐店的静物画

清澈的光
落在快餐店的水磨石地上。
窗前一个女孩支着肘
对着手机描口红
嘴唇微噘,潮湿,鲜润
一幅旧铁窗框起的静物画。
我出神地看着她
慵倦的长发,脸颊旁边
一小块活泼的暗影
光线为她柔和的轮廓晕染了
一圈淡淡的光晕
像少女初生的茸毛。
街角,送外卖的摩托车
突突响。突然
我有种模糊的渴望
难以名状,又异常强烈。
这混合了飞絮
和清石灰水的光线

这嘈杂如缝纫机的快餐店
似乎不停拆洗又缝缀着什么
当她托着腮
坐在窗玻璃的反光里。
只是一个平常的本地女孩
可爱,脸色苍白
想着冰激凌和傍晚的约会
斜睨的眼睛闪烁着
仿佛一粒珍珠
在她粗糙的肘尖
仿佛有一粒珍珠静静闪烁。

刺猬

轻易就竖起发怒的刺
这小疯子，破布裹脸的梵高

悲惨的长鼻子和瘦脸颊
暗示其命运，却几乎是喜剧性的。

它是耐心的，像待决的
囚犯默数着日子，却很快睡着了

也是冷漠的，短视的
只效忠一撮米，一只胡椒瓶。

傲慢如海关大楼的门卫
忧伤如集市上表演杂耍的矮人。

当它不得不蜷成一团
来释放对外界的有限的敌意

那些虚张声势的棘刺
看上去更像老祖母用过的针插。

它的眼睛同样恰如其分
小到容不下历史笨重的车辄。

星空下的事物与它何干?
翅膀太奢侈了,速度也一样。

除了恪守自己的限定
在泥地上慢慢爬,飞快死——

至少,这比蜣螂要好得多。
很难说,它快乐或者不快乐

它生来没什么朋友
甚至拥抱也令人难堪,直到

某个婚礼上被丢进洞房
像听壁脚的光棍,紧挨床脚的

一碟盐。隔着床板
传来一对男女近乎哭泣的欢爱

仿佛一股想要触碰
又不敢靠近的致命的激流

它蜷缩着，舔着舌尖的渴
艰难的咽喉发出一阵老人的干咳。

雪的叙事曲

衬裙皱得像流言
半裸着,丝袜褪到了脚踝
她半心半意地,看着窗外的新雪。
酒店幽暗。电视屏幕上
埃菲尔铁塔像她细窄的鞋尖。
巴黎在骚动,警察朝示威者头顶乱射
催泪弹。而她在空调的噪音里
等一份合同,也许
还有别的,比眼泪更廉价的。
雪在双层玻璃上窸窣
如同一个提着婚纱飞跑的女人
累赘,笨拙,似乎想表演穿墙术
却不得不把鞋留在原地。
她飞跑着,沥青路的旧色带
在脚趾硬茧下延伸
吐出不动产。
真冷,这里的冬天比巴黎
更需要一面盾牌,去阻击面条店的

清鼻涕和热电厂喷吐的烟囱。
人越落魄,遭遇的敌意
就越深,而石块或盾牌并不比枯枝上的
积雪更持久。在切换的电视频道
和刺绣床罩之间
雨刮器扫过无数泪水纵横的脸。
怨恨,或不忠的插曲
贫穷的微小罪过。一对男女
争吵之后睡去,絮状的雪在他们
背对背的缝隙里飘落
像许愿用的圣诞玻璃球。
还是蠢,年轻的蠢
不可饶恕。那时她太小太害羞
以为世界就是一角钱的旅游明信片
直到生活把所有无价的
全标上了价格。她交叠的脚
颠荡着,仿佛一匹马在空中换蹄。
一个人在路上走得越远
就越对远方没了兴致。
让愤世的穷人继续扔石头吧
岁末的账簿只关心淤青般的盈亏。
成熟,意味着智取
并巧妙藏起自己。
而她并不需要付出太多

不过是一片雪轻灼瑟缩的脖颈。
唯一担心的是不能笑得太假
或突然晕倒在浴室。
一切会很快过去,像灰色的河
移走码头锈迹斑斑的驳船。
她披上睡衣。拉链箱
发出一声嗖响,一次完美的缝合。
窗外,打旋的雪继续飞来
仿佛不甘于转瞬即逝的存在
如此缓慢,剧烈
每一片都增加了生的重量。